제국의
뒷길을
걷 다

제국의 뒷길을 걷다

김인숙의 북경 이야기

문학동네

차
례

• 인명은 기본적으로 국립국어원의 중국어 표기법에 따랐다. 마지막 황제 푸이를 기준으로 푸이와 관련된 인물은 중국어 표기법대로, 푸이 이전의 인물은 우리 한자음대로 표기했다. 단 원세개는, 위안 스카이보다 원세개라는 이름으로 우리 근대사와 깊은 관련을 맺는바 그와 관련된 인물들과 함께 우리 한자음대로 표기했다.

• 지명은 중국어 표기법과 우리 한자음 표기를 병용했다. 역사와 관련된 인용문 안에서는 인용문의 표기에 따랐다.

• 건축물, 장소, 거리 이름 등은 기본적으로 우리 한자음대로 표기했다. 그러나 중국어로 읽는 것이 더 자연스러운 경우(스차하이, 중난하이, 류리창 등)와 우리에게 잘 알려지지 않은 작은 거리 이름(마오얼 후퉁, 차오더우 후퉁)은 중국어 표기법에 따랐다.

• 본문의 연도와 날짜는 대개 음력을 따랐다. 근대 이후로는 양력을 썼다. 중국에서도 전통적으로 만 나이를 쓰지 않았기 때문에 본문에 등장하는 인물의 나이 또한 전통적인 나이 계산법에 따랐다.

序. 오래전, 북경에서는……

모든 역사는 인간의 이야기이다. 전혀 다른 세상, 전혀 다른 시대에 살았던 인간들이 완전히 다르게 구성해내는 이야기가 뜻밖에 오늘을 살아가는 우리의 이야기와 다를 바가 없다는 것을 깨닫는 것은 그리 드문 일이 아니다. 역사를 읽는 즐거움과 슬픔이 여기에 있다.

1626년, 명나라 천계제 6년에 북경에서 일어난 일이다.

때는 5월, 따듯한 봄볕과 함께 맑게 빛나던 하늘이 느닷없이 어두워지더니 뇌성이 울리며 땅이 흔들리기 시작했다. 지금으로부터 거의 사백 년 전, 당시 북경은 수향(水鄕)이라고 불릴 정도로 맑은 물이 넘쳐나, 온 도시가 물냄새와 버드나무 푸른 잎 냄새로 가득했었다고 전해진다. 그러나 그날, 물과 꽃과 바람 속에서 빛나던 오전 햇살이 순식간에 사라지더니 봄날의 저잣거리를 메웠던 유쾌한 소란이 정적 속에 파묻혔다. 곧이어 끔찍한 비명과 울부짖음이 뒤를 이었다. 지진이었다. 흔들리는 땅에 놀랐는지 아니면 사람들에게 놀랐는지 코끼리떼가 우리를 뛰쳐나와 저잣거리로 돌진했다. 이날 이만 명이 넘는 사람들이 땅속에 묻히거나, 무너진 건물의 잔해에 깔려 죽거나, 코끼리의 발에 밟혀 죽었다.

지진은 황제의 거처를 비켜가지 않았다. 자금성 내 건청궁에서 점심을 먹고 있던 황제는 밥상을 흔드는 땅의 진동에 기겁을 해 일단 달음박질부터 치기 시작했다. 어디로 달려가 어디에 숨으려고 했던 것일까. 황제는 궁중의 그 누구보다 빨리 달려 궁문을 빠져나왔다. 그가 어찌나 빨리 달렸던지 환관들조차 그를 쫓지 못했을 정도였다. 혹은, 모를 일이다. 환관들은 전부 하늘과 땅의 재앙을 피해 황제와는 반대편으로 달렸을지도. 아무튼 황제는 그날 지진을 피해 궁을 빠져나간 첫번째 인물이 되었다.

그러나 그는 이제 어디로 가야 했을까. 흔들리는 궁문 한가운데 서서 황제는 망연자실, 하늘에서 쏟아져내리는 흙먼지를 바라보았다. 먹구름 사이로 다시 햇살이 스며나오고 있었으나, 흙먼지로 뭉개진 햇살은 더욱 음산했다. 그 흙먼지 사이로 무언가가 투둑투둑 떨어지는데, 그것은 깨진 기왓장이거나 부서진 대들보거나, 뿌리가 뽑힌 나무거나, 그리고 놀랍게도 오천 근이 넘는 거대한 철사자상이기도 했다. 이미 존재의 소속을 증명할 길이 없게 된 잘려나간 코와 귀와 혹은 누군가의 머리통이 고깃덩어리가 되어 투둑투둑 떨어져내리기도 했다. 하늘이 맑아져가는 속도로, 땅 위에는 있어서는 안 될 것들이 쌓였다.

마침내, 흙비가 멈추고 흔들리던 땅이 진저리 같은 떨림을 멈추고 햇살이 시침을 떼듯 맑아졌을 때, 황제는 지금보다 더 깊은 꿈속인

듯 믿을 수 없는 광경을 보았다. 재앙을 당한 그의 백성들이 모두 벌거벗고 있었던 것이다. 눈에 보이는 백성들이 모두 나신이었다. 죽어 있는 자와 살아 있는 자가, 모두 함께.

그들은 발가벗은 누군가를 보고 비명을 질렀고, 그 누군가도 비명을 지르는 그 누군가를 향해 비명을 질렀고, 그러고는 동시에 다시 한 번 비명을 지른 뒤, 가릴 수 있는 곳을 가리거나 급히 주저앉았다. 이미 목숨이 끊어져, 가릴 수도 없을뿐더러 가릴 생각도 없어진 시신들이 미처 감지 못한 눈으로 이 놀라운 광경을, 침 흘리듯 바라보았다.

그런데, 그때 황제도 '벌거벗은 임금님'처럼 맨몸이었을까? 기록에는 남아 있지 않다.

천계제는 명나라의 마지막 황제 숭정제의 선황으로, 가파르게 몰락하는 왕조의 뒷길을 걸었던 황제이다. 그는 약 사십 년을 기다려 황제가 된 후에 고작 한 달 만에 세상을 뜬 태창제의 장자이며, 만력제의 손자이기도 하다. 만력제는 궁녀와의 충동적 관계로 인해 생겨난 큰아들 태창제를 수치스럽게 여긴 나머지, 어떻게든 그를 후계자로 삼지 않으려고 애쓰며 갖은 방법으로 홀대하거나 구박했는데, 조부 만력제의 눈에는 천계제 역시 미운 자식의 미운 손주라 살아생전에 그 손주를 거의 거들떠본 적이 없었다. 그리하여 천계제는 만력제의 임종 직전에야 할 수 없이 태손으로 봉해지고, 아비가 너무 빨리 너무 갑작스럽게 세상을 뜨는 바람에 태자는 되어보지도 못한 채 허겁지겁 황제의 자리에 올랐다. 열여섯 살에 황손이 되고, 그 한 달 후에 또 등이 떠밀리듯 황제가 되기까지 천계제는 정규교육이라 할 만한 것을 전혀 받아본 바가 없었다. 황제가 되기 위해 알아야 할 것들을 배우지 못했음은 물론이거니와, 조부인 만력제에게 비로소 '글을 배우라' 허락받은 것도 열여섯 살 황손이 된 이후에서야 일이었다. 그가 심지어 '문맹 황제'라고까지 일컬어지는 이유이다.

학문과 통치에는 아무 관심도 없고, 소질도 없었으며, 또 그런 것들을 계발할 기회도 없었던 이 황제에게도 빛나는 재능과 기쁨이 있었으니, 그것은 나무를 다루는 일이었다. 황제는 놀라운 손재주로 나무를 다듬어 무엇이든 만들었다. 병장기를 만들기도 하고, 인형을 만들기도 하고, 나무토막과 토막을 서로 끼워맞춰 정교한 궁전의 모형을 만들기도 했다. 궁중의 장인들이 그의 새 나무침대를 만들어왔을 때는 눈살을 한 번 찌푸린 뒤, 스스로 톱과 대패와 망치를 들었다. 일 년이 넘게 그는 침대를 만들었고, 그 침대는 대륙의 어떤 장인이 만든 것보다 훌륭했다. 그는 나무인형들을 만들어 인형극을 열었고, 심지어는 그것들을 저잣거리에 내다 팔아 시장의 반응을 살피며 기쁨을 얻기도 했다. 나무를 만지는 일은 그에게 매혹, 그 이상의 것, 그의 자긍과 기쁨과 천부의 선물, 즉 생에 대한 가장 찬란한 감사였다.

명나라를 멸망으로 이끈 환관 위충현은 황제가 톱밥 사이에 파묻혀 가장 세심한 조각의 세부를 파거나 긁어내고 있을 때, 전쟁을 할까요, 말까요? 정승을 죽일까요, 말까요? 이런 중요한 일들을 물었다. 황제는 세부가 주는 놀라움, 기쁨 앞에서 진저리를 치기 직전 "네가 알아서 하라"고 되는대로 말을 했고, 진저리를 치면서는 곧 자신이 했던 말을 잊었다.

그에게 황제의 자리란, 어쩌면 재앙이었을지도 모른다. 그는 혼군 (昏君)이라는 오명을 역사의 기록에 뚜렷이 남긴 채, 황제의 자리에 오른 지 칠 년 만에 스물세 살의 나이로 세상을 떴다. 그리고 명나라 최후의 황제 숭정제에게 제위를 넘겼다. 지진이 있던 그 다음 해, 북경의 백성들이 입고 있던 옷을 홀랑 잃어버렸던 그날로부터 일 년이 겨우 지나서의 일이다.

그런데, 1626년, 5월. 북경. 몸을 벗어버린 옷들은 죄다 어디로 갔을까?

옷들은 북경의 서쪽에 있는 산에서 발견되었다. 수없이 많은 옷들이 나뭇가지에 걸쳐진 채로. 그런가 하면, 북경의 북쪽 외곽인 창평(昌平)의 벌판에서도 발견되었다. 그곳에서 옷들은 겹겹이 쌓여 산을 이루고 있었다. 옷과 함께 목걸이와 팔찌 등의 장신구, 은화, 그리고 신발 들이 또한 산처럼 쌓여 있었다.[*]

그날, 북경에서는 도대체 무슨 일이 일어났던 것일까. 기록은 더이상의 것을 말하지 않는다. 그러나 상상은 여기서부터이다. 물론 이야기도 여기서부터이다.

오래전, 보통 사람들의 세상은 아주 작았다. 그들이 볼 수 있는 것은 극히 제한되었고, 생각할 수 있는 것도 한정되어 있었다. 그것은 황제와 황후들이라 해도 다를 바가 없었다. 그러나 그들이 보거나 생각하기 이전에 그들의 존재 자체가 이미 역사였다. 그리고 그 역사는 그들이 한 번도 만나지 못했던 사람들, 다른 세계와 다른 나라의 사람들과도 연결되어 있었다. 말하자면 저 동북쪽 끄트머리의 땅, 한반도의 어느 이름 없는 백성 한 사람과도. 사백 년 전, 북경에서 일어난 일을 내가 궁금해하는 이유는 그래서이고, 이 글을 쓰는 이유도 그래서일 것이다.

---

[*] 樹軍 編著, 『細說北京往事』, 九州出版社, 2006. 이에 관련된 기록들은 명대 사학가인 여담천(如談遷), 계육내(計六奈), 학자 오위업(吳偉業) 등의 저술에 남겨져 있으며, 관방신문인 저보(邸報)에서도 찾아볼 수 있다.

"우리나라는 적의 가혹한 화를 입어 쇠잔하고 파괴됨이 이미 극심하여, 아무리 병화의 뒤끝을 수습해서 힘껏 방비하더라도, 백성을 기르고 재물을 모아 훈련한다는 것은 사세가 미칠 수 없습니다. 군병이 몹시 단약하고 군량도 완전히 동이 났는데 다시 무슨 힘으로 큰 적을 당해낼 수 있겠습니까. 이제 만약 중국의 구원병이 조금이라도 늦어진다면 인심은 더이상 믿을 데가 없고 악한 흉적은 더욱 날뛸 것이니, 우리나라에 멸망하는 화가 곧 닥치게 될 것입니다."

"전자에 우리 군사가 당신 나라에 가서 당신네 백성을 해쳤으니, 매우 얄밉소. 당신네 나라의 민생이 어찌 불쌍하지 않소? 왜적을 제거하려고 중국 군사를 와서 청하는 것인데, 중국군의 침해가 또 왜적보다도 못하지 않으니, 민생이 장차 어찌 지탱하겠소?"*

위의 글은 정유재란 당시, 지원병을 요청하기 위해 명나라에 사신으로 갔던 권협이 명나라 병부좌시랑 이정과 나누는 대화의 한 부분이다. 권협은 서기 1597년 만력 25년 2월 10일에 국경을 넘어 약 한 달 후인 3월 2일에 북경에 도착했다. 그리고 그가 모든 일을 다 마치고 다시 국경을 넘은 것이 5월 20일의 일이니, 나라의 흥망이 경각에

---

* 권협, 「연행록」, 한국고전번역원.

달한 전쟁중에 자그마치 백여 일이라는 시간이 그렇게 흘러간 것이다. 그렇더라도 당시 그것은 가장 빠른 길이며, 그들이 아우를 수 있는 세계의 전부였다.

임진왜란과 정유재란을 거친 '7년 전쟁' 동안 명나라 신종 만력제는 오만에서 십만까지의 군사를 주어 조선을 지원하게 했다. 조선의 사대부들은 '대국의 은혜'가 뼈에 사무쳤다. 훗날 청나라가 조선에 국교를 요구했을 때, 사대부들이 오랑캐의 나라와 국교를 맺어 대국의 은혜, 즉 '재조지은(再造之恩)'을 저버리는 것은 짐승과 같은 일이라고 격분하게 되는 것도 이때의 일로부터 비롯되었다. 임진왜란 당시 지원군으로 파병되었던 명나라 군대가 조선에서 한 일이나 만행 등은 논외라 치더라도, 조선의 사대부들에게 '성은이 망극하였던' 존재 만력제는 정작 어찌할 수 없는 혼군으로 역사에 이름을 올리게 되는 인물이었다. 열 살에 즉위하여 오십팔 세에 세상을 뜰 때까지, 재위기간 사십칠 년 중, 그는 이십사 년 동안이나 조회에 단 한 차례도 나가지 않았다. 그는 깊은 궁 안에 틀어박혀 조정의 대신들과도 만나지 않았다. 그 자신의 필요에 의한 것이거나, 혹은 피할 수 없는 일에 한해서는 내관을 시켜 대리로 처리하도록 했다.

대신들과 만나지도 않고, 나라에서 무슨 일이 벌어지는지도 알고 싶지 않던 이 황제는 역사상 유례없이 게으른 황제일 뿐만 아니라 또한 전례 없이 탐욕스러운 황제이기도 했다. 정사를 다스리지 않는 대신 그는 자신과 황실의 재산을 불리는 데만 온 정성을 기울여, 수단과 방법을 가리지 않고 대신들의 재산과 백성들의 땅을 착복했다. 재산이 너무 많아지자, 현금과 금은 등은 궁 안의 땅에 파묻어둘 정도였다고 전해진다. 권협이 중국에 추가 지원군을 요청하기 위해 북경을 방문했던 1597년에도 만력제는 남의 나라의 일은커녕 자기 나라의 일에도 관심이 없었고, 오직 자신의 건강과 재산에만 신경을 쏟고 있었다.

명나라의 멸망은 이미 만력제 이전부터 시작되어 만력제에 이르러서는 거의 기정사실화된 것이나 마찬가지로 보인다. 모든 왕조가 그러하듯, 명나라도 건설과 번영, 그리고 황금기를 거쳐서는 몰락의 길로 접어들었다. 만력제는 몰락의 정점이었고 명나라 최후의 황제 숭정제는 그 완성이었다. 명나라가 몰락한 후, 청나라가 왕조를 대신하지만 청나라 역시 명나라와 다른 길을 걸을 수 있는 방법은 없었다. 제국의 건설이 있고, 그후 위대한 황제들의 찬란한 번영기를 거치면, 더이상 오를 데가 없다는 듯 몰락이 시작된다. 청나라의 멸망이 명나라의 멸망과 다른 것이 있다면, 청의 멸망은 한 왕조의 멸망이 아니라 모든 왕조의 멸망이었다는 사실이다. 청의 멸망 이후 중국 대륙에 다시는 황제라는 존재는 있을 수 없게 되었다. 왕조의 역사는 이제

기억 속에만 존재한다. 그것은 이야기로, 극으로, 혹은 교훈으로만 남겨졌다. 그러나 그것이 다일까.

모든 역사는 인간의 이야기이다. 전혀 다른 세상, 전혀 다른 시대에 살았던 인간들이 완전히 다르게 구성해내는 이야기가 뜻밖에 오늘을 살아가는 우리의 이야기와 다를 바가 없다는 것을 깨닫는 것은 그리 드문 일이 아니다. 역사를 읽는 즐거움과 슬픔이 여기에 있다.

모든 왕조의 끝, 청나라의 마지막에는 마지막 황제 푸이(溥儀)가 있다. 그는 명나라의 마지막 황제처럼 스스로 목숨을 끊지도 못했고, 망명을 하지도 못한 채, 살아남아 모든 것을 보았다. 황제로서의 마지막 존엄과, 그로 인하여 지닐 수밖에 없었던 인간으로서의 모멸과 굴욕을 동시에 간직한 이 남자…… 시대의 고통 앞에서 이 남자는 누구보다 가장 철저하게 벗겨진 존재나 마찬가지였다. 대체 누가 그의 옷을 벗겨 그가 알 수 없는 곳에 그 옷을 가져다놓았을까. 그것은 마치 오래전, 명나라 천계제 시절에 북경 사람들의 옷이 전부 벗겨졌던 이해할 수 없는 기록처럼, 인간 푸이에게는 감당이 안 되고 이해도 안 되는 현실이었을 것이다. 그러나 어떤 상황에서도 이야기는 계속된다. 푸이의 옷은 시대의 그늘 속에 숨겨져 있고, 이야기는 그 옷을 찾아 이어진다. 그것이 바로 역사다.

一. 마지막 황제를 좇아, 뒷길, 그늘 속을 걷다

비 내리는 북경의 아침, 푸이의 족적을 좇아 여행을 해보는 것은 어떨까. 비에 씻기고, 다시 황사에 덮이고, 또다시 씻겨내리며, 무엇보다도 역사의 주름 속에 묻혀가며, 지나간 것들은 해야 할 말들이 너무 많아 차라리 침묵을 선택하는 것이 낫다고 여길지도 모른다. 그러니, 이제 당신이 무엇을 좇아 걷든, 그것은 결국 침묵 속일 것이다.

아침부터 비가 내리는 북경, 고궁을 찾아간다. 비를 좋아해서도 아니고, 축축한 감상에 젖어서도 아니다. 일 년 열두 달 내내, 사람이 드문 고궁, 즉 자금성*을 구경하는 것은 결코 쉬운 일이 아니다. 기온이 사십 도 가까이 오르는 한여름에도, 코가 떨어질 듯한 한겨울에도 자금성은 관광객들로 넘쳐난다. 자금성을 구경하고 싶은 것은 매년 북경을 찾는 사백만에 가까운 외국인들뿐만 아니라, 모처럼 '서울 나들이'를 하는 중국인 관광객들 역시 마찬가지다. 북경의 관광객 수는 매년 일억을 넘는다. 평일이든 휴일이든, 자금성은 사람으로 넘쳐나 풍경은 사람의 어깨와 머리에 가려져 있다.** 나는 온전한 자금성

---

* 중국인들은 일반적으로 자금성을 '고궁'이라고 부른다.

을 구경하기 위해 비 내리는 아침 고궁의 문을 들어서지만, 사실 온전한 자금성은 사람들 속에 있는 것일지도 모른다. 서태후가 권력을 쥐고 있던 청말 시기만 해도 궁중에서 거주하는 환관의 수는 삼천여 명을 헤아렸다. 환관의 수가 가장 많았던 명나라 숭정제 시기에는, 거짓말 같겠지만, 십만 명에 이르는 환관이 있었다는 기록이 있다. 그쯤 되면 낚시꾼이 잘 쓰는 표현대로 '물 반, 고기 반'을 넘어 '물보다 고기가 더 많은' 상황이라 할 만하겠다. 마지막 황제 푸이가 퇴위 후, 이름만 남은 황제 시기를 보내던 약 십삼 년 동안에도 그의 주변에는 칠백여 명의 환관이 있었다. 그러니 관광객으로 가득 찬 고궁은 어쩌면 고궁 본래의 모습을 그대로 보여주는 것일 터이고, 관광객들은 자신도 모르는 사이에 고궁이라는 무대에서 환관이 되거나 궁녀가 되거나, 혹은 황제가 되거나 황후가 되거나, 기꺼이 배역 하나씩을 맡고 있는 셈인지도 모르겠다.

비 내리는 고궁을 거니는 내 배역은 무엇일까. 태생은 무수리라 하더라도 꿈은 높아 황후쯤이 되고 싶겠으나, 궁중의 여인들은 무수리든 황후든 행복하지 않았다. 적어도 스러져가는 왕조의 말기, 근대의 그늘 속을 걷는 여인들은 그러했다. 아마도 서태후조차 그러했으리

** 2007년 5·1절 휴가기간중에 자금성의 하루 입장객 수가 11만 5천 명에 이르렀다.

라. 본능적인 승부사였고 매번 승리자였던 그녀였으나 시대만은 이길 수 없었다. 그녀는 서구의 침략에 쫓겨 몇 번이나 자신의 궁을 버리고 피란길을 떠나야만 했다. 그리고 죽는 날까지도 그 원통함을 잊지 못한 채 살아야 했다. 그렇더라도 서태후는 자신의 궁전 안에서 빗물에 발이 젖는 일은 없었으리라. 비 내리는 고궁에서 신발과 바짓단을 빗물에 적시며, 꿈으로라도 태후의 배역을 맡는 일이 쉽지 않음을 절감한다.

서태후는 살아생전 네 명의 황제를 모시거나 거느렸다. 남편인 함풍제, 친아들인 동치제, 조카인 광서제, 그리고 마지막 황제인 선통제까지. 선통제 푸이가 차기황제로 임명된 것은 그의 나이 세 살 때였고, 서태후가 죽기 하루 전의 일이었다. 차기황제로 내정된 푸이가 궁중으로 들어온 이튿날, 황제였던 광서제가 급서하였고, 그 다음 날에는 서태후가 죽었다. 고작 세 살이었던 푸이[*], 그 사흘 동안 그는 하루씩 건너 선황제의 죽음을 겪고, 절대 권력자 서태후의 죽음을 또한 겪고, 그리고 명실상부한 황제가 되었다. 비록 푸이가 자금성에서 즉위를 한 황제들 중 가장 어린 나이의 황제이기는 했지만, 그와 비슷한 경우가 전혀 없었던 것은 아니다. 그의 선황인 광서제는 다섯

---

[*] 1906년 1월 출생, 1908년 11월 즉위.

살에, 서태후의 아들인 동치제는 여섯 살에 황제의 자리에 등극했다.[*] 청나라 역사상 가장 위대한 황제로 일컬어지는 강희제는 여덟 살에 제위에 올랐다. 세 살이든 다섯 살이든 또는 여섯 살이나 여덟 살이든, 크게 다를 것은 없을 터이다. 그러나 푸이처럼 기막힌 역경을 겪은 황제는 중국 역사상 어디에도 없다. 푸이는 1911년 신해혁명에 의해 중화민국[**]이 선포되자 그 이듬해 일곱 살 나이에 퇴위 선언을 하고, 열아홉 살에는 군벌의 군대가 대포를 겨누고 있는 가운데 자금성에서 쫓겨났으며, 그후에는 일본에 의해 만주국 괴뢰정권의 총통이 되었다가, 다시 만주국 황제로 즉위했다. 1917년 변발부대 장군 장쉰(張勳)에 의해 십이 일간 황제 자리에 복위했던 것을 포함, 푸이는 일생 동안 세 번 황제가 되었다가 세 번 퇴위를 했다. 1945년 2차 세계대전의 종료와 함께 그는 소련의 포로가 되어 오 년 동안 소련에 억류되었고, 중국으로 송환된 뒤에는 구 년 동안 포로수용소에서 사상개조를 받았다. 1959년, 마침내 그는 '보통 사람'이 되어 풀

---

[*] 서태후는 자신의 통치를 계속 유지하기 위해 어린 나이의 황제들을 등극시켰다. 중국 역사상 가장 어린 나이의 황제는 동한(東漢)의 5대 황제인 상제(殤帝)로, 등극 당시 그는 겨우 백일이 된 아기였다. 그는 겨우 팔 개월 동안을 황제의 자리에 머물렀고, 채 한 살이 되지 못한 나이에 병사했다.
[**] 신해혁명과 함께 청나라가 멸망한 후 '중화민국'이 선포되었다. 간략하게 '민국(民國)'이라고도 한다. 1949년 대륙에서 중화인민공화국이 선포되기 전까지 국명으로 사용되었으며, 현재는 타이완의 국명이다.

려나 보통 관광객의 신분으로 다시 자금성을 찾았다. 쫓겨난 황제가
되어 자금성을 떠난 지 삼십오 년 만의 일이었다.

　세 살에 황제가 되어 쉰네 살에 보통 사람이 된 남자, 이 사람은 일
생 중 어느 한 시기에 가장 행복했을까. 푸이의 침궁이었던 양심전
(養心殿)에서 자금성의 후원인 어화원(御花園)에 이르는 길목의 궁
문들에는 문턱이 없다. 자전거를 배운 후, 그 재미에 푹 빠진 푸이가
자전거가 넘기 힘든 문턱들을 모두 없애버리도록 했기 때문이다. 일
곱 살에 퇴위를 했으나, 열아홉 살까지 푸이는 여전히 자금성에서 황
제의 존호를 유지한 채 살았다. 황제이면서 황제가 아니었던 소년 푸
이는 영국인 가정교사가 선물로 준 자전거를 타고 궁중을 날 듯이 돌
아다녔다. 수십 명의 환관들이 숨이 턱에 차서 황제의 뒤를 쫓아 달
렸으나, 끝내 자전거의 속도를 쫓지는 못했다. 황제는 자전거를 타고
서야 오직 혼자인 시간을 보낼 수 있었고, 맘껏 달릴 수 있었으며, 바
람과 속도와 신선한 공기를 즐길 수 있었다. 자전거 페달을 힘껏 밟
으며, 소년은 아마 행복했을 것이다.
　그러나 문턱이 사라진 궁궐은 이제 들어오는 것과 나가는 것, 그

어느 것도 막을 수가 없었다. 그것은 어쩌면 마지막 상징의 해체였을 지도 모른다. 서구 열강의 침범으로 인하여 중국 그 거대한 영토의 문턱이 소멸된 후, 궁은 왕조의 권력을 부정하는 민중혁명과 무장군 벌의 침탈로 인해 완전히 열린 문이나 마찬가지였다. 궁 안에서도 푸이의 거주지역은 제한되었다. 그렇더라도 그는 나는 듯 자전거를 달려 오문(午門)을 지나고 단문(端門)을 지나 천안문(天安門)을 통과해 세상의 중심까지 이르고자 했다. 그러나 끝내 자전거 페달을 멈출 수밖에 없는 곳에 이르면, 황제는 기우뚱하게 멈춰 선 자전거에 기대어 무슨 생각을 했을까. 소년 황제는 자신이 이름뿐인 황제가 아니라 진짜 황제가 되기를 꿈꾸었고, 진정한 통치를 꿈꾸었다. 그것이 세 살 때부터 황제로 키워진 그의 숙명이었다.

그러나 그로부터 약 삼십 년이 지나, 친일 전범죄수 신분이 된 그가 소련으로부터 송환이 되어 귀국하던 1950년에, 천안문에는 이미 마오쩌둥(毛澤東)의 거대 초상화가 걸려 있었다. 그는 수용소에서 기록영화나 신문을 통해 천안문과 마오 주석의 초상화를 보았다. 그의 자서전 『내 인생의 전반부我的前半生』에는 푸순(撫順)과 하얼빈에서의 수용소생활이 상세히 묘사되어 있는데, 기록은 흔히 상상할 수 있듯 수용소 안에서의 참상과 노여움과 분노가 아니라 한 인간의 환골탈태, 갱생기이다. 수용소에서의 구 년 동안, 그는 사십이 년 동

수용소에서 풀려나온 보통 시민 푸이가 마오 주석의 사진을 바라보고 있다.

안 황제로 살았던 자신을 부정해야만 했다.* 사십이 년의 인생을 부정하는 데 구 년의 시간이란 어쩌면 결코 길지 않은 것일지도 모르겠다. 사십이 년의 인생을 송두리째 부정하기 위해서는 혹시, 사백이십 년쯤의 시간이 필요한 것은 아닐까. 그렇다고 한들 가능한 것일까? 죽기 직전의 참회도 아니고 신앙고백도 아닌 것이다. 수용소에 수용될 당시 그는 여전히 젊었고, 앞으로도 살아가야 할 시간이 길었다. '보통 사람'이 되어야 한다는 것, 그것은 그에게는 생존의 문제였다. 잔을 뒤집어 바닥의 물까지 말끔히 쏟아내야 할 뿐만 아니라, 마지막엔 물의 기억이 남아 있는 잔까지 깨뜨려버려야 하는 것이다.

『내 인생의 전반부』에는 종이상자를 접는 황제의 모습이 있다. 수용소 측에서 전범죄수들에게 연필상자를 접는 부역을 시켰는데, 종이를 접어 케이스를 만드는 이 일이 황제에게는 도무지 쉬운 일이 아니었다. 상자는 귀가 맞지 않았고, 번번이 어딘가가 뒤틀렸다. 만주국 시기에는 그를 쳐다보지도 못했던, 그러나 지금은 같은 신분의 죄수가 된 과거의 대신들이 그를 비난하기 시작했다. 과거의 황제는 그 모욕과 능멸을 어떻게 받아들였을까.

---

* 소련에서의 포로 시절 오 년 동안 그는 부분적으로나마 황제로서의 특권을 누렸다.

몽골인 라오정은 민국 초년에 몽골 반란을 일으켰던 바부자부의 아들인데, 당시 그들 가문의 사람들은 나의 복위를 위해 목숨을 걸고 싸울 것을 맹세했었다고 한다. 당시 그의 어머니는 나를 숭배하기를 아예 신선과 같이 했노라고도 했다.[*]

"어머니가 이 세상 사람이 아닌 게 얼마나 안타까운 일인지 모르겠네. 아직 살아 계시기만 했다면 내가 반드시 얘기해줬을 텐데 말이야. 선통황제란 인간이 얼마나 쓸모없는 작자인지를 말이야!"

물론 나는 신선이 아니고, 단지 본래부터 무능하고 무지한 인간에 불과하니, 내게 이런 말을 하는 사람을 무슨 자격으로 탓할 수 있겠는가. 나는 오직 서태후와 그 주변인들을 원망할 뿐이다. 그들은 어찌하여 나를 황제로 삼아, 황제로 살아가게 했단 말인가.[**]

그는 자신의 잔을 몇 번이나 비우고, 몇 번이나 깨뜨린 후에야 마침내 새사람이 되었을까. 잔이 깨지는 소리가 귀에서 쩽하는 듯하다. 그의 무거운 잔은 정말, 흔적조차 없이 사라지고, 새로운 잔으로 넘치듯 채워질 수 있었을까?

---

[*] 청나라 지배계급인 만주족은 개국 이래로 몽골족과 정치 군사상 깊은 연대를 맺고 있었다. 청나라 황후 중 대다수가 몽골족의 여인 중에서 간택되었다.
[**] 푸이, 『내 인생의 전반부』.

북경에 처음 오는 사람이라면 누구나가 거의 어김없이, 가장 먼저 자금성, 혹은 천안문을 보고 싶어한다. 그것은 아마도 오래전 사람들 역시 마찬가지였을 것이다. 오래전 사람들은 북경의 외성문인 영정문을 거쳐 성안으로 들어와 내성문인 정양문*을 거쳐 황성문인 천안문에 이르렀다.** 1780년 정조 4년에 청나라 건륭황제의 생일 축하 사절로 중국을 찾았던 박지원은 고생 끝에 북경에 도착한 지 채 며칠이 지나지 않아 황제가 열하에 머물고 있다는 사실을 알고는, 북경을 다 구경하지 못하고 떠나게 될까봐 애가 닳았다는 기록을 그의 『열하일기』속에 남기고 있다.

오래전 박지원이 걸었던 길, 그것은 중국의 중심으로 향하는 길이었다. 오늘날 역시, 모든 길의 끝, 천안문은 중국의 중심이다. 정양문을 지나 천안문까지, 관광객들은 마오 주석 기념관과 인민대회당과 국가박물관을 볼 수 있다. 거대한 광장은 웅장하게 세워진 현대의 건

* 전문(前門)으로도 불린다.
** 북경의 고성은 외성과 내성이 있고 그 안에 황성이 존재하였으며, 다시 황성 안에 황궁, 즉 자금성이 존재하는 구조였다. 외성의 남문은 영정문, 내성의 남문은 정양문(전문)이다. 정양문을 지나면 황성문인 대청문(대명문)과 천안문을 거쳐 황궁의 정문인 오문에 이르렀다.

천안문 광장에서 바라본 천안문

물들, 현대 중국의 역사를 사방으로 둘러싸고 있으며, 그 한가운데는 인민영웅기념비가 버티고 서 있다. 마오 주석의 거대 초상화가 걸려 있는 천안문의 성루는 관광객들에게 개방되어 있어, 성루에 올라선 관광객들은 현대 중국과 고대 중국을 번갈아 볼 수 있다. 역사가 한 눈으로도 보여지는 것이라면, 적어도, 천안문의 성루만큼 중국을 명료하게 볼 수 있는 곳은 없을 것이다.

그러나 보여지는 것은 단지, 거기에 있는 것들뿐이다. 너무나 단호하여 냉정하다고도 말할 수 없는, 모든 것이지만 또한 아무것도 아닌 것…… 모든 것을 알고자 하는 욕망은 지나치게 거대하여 차라리 속절없다. 그것은 사실, 아무것도 아닌 것 중의 단 하나를 알고자 하는 욕망에 대해서도 역시 마찬가지다. 그러니 성루에 오르면 차라리 릴랙스, 온몸의 힘을 빼고 보이는 대로 바라볼 뿐이다.

자전거를 타고 성문을 향해 달렸던 소년 황제 푸이가 보고 싶었던 것은 무엇이었을까. 푸이는 새장에 갇힌 듯한 궁중생활에 환멸을 느껴 해외로 나갈 꿈을 꾸곤 했었다. 대신들의 반대에 부딪혀 뜻을 이루지 못하자 궁중의 값나가는 서화와 금은보화를 밖으로 빼돌려 유학비용을 스스로 마련했고, 마침내는 네덜란드 공사의 협조 아래 도피 행장을 꾸리기까지 했다. 성문만 빠져나가면 그는 자유가 되리라고 믿었다. 그러나 도망치려는 황제를 붙잡기 위해 대신들은 말없이,

그러나 다른 날보다 더 일찍 성문을 닫아버렸다. 훗날 궁중에서 쫓겨난 푸이는 다시 한번 영국으로의 망명을 꿈꿔보지만, 이번에는 그쪽에서 푸이를 받아들이지 않았다. 그를 받아준 곳은 북경 주재의 일본 공사관뿐이었다. 어제까지는 황제였으나 오늘은 한낱 망명객이 된 푸이는 잠 못 이루는 밤, 자전거를 타고 자금성까지 달려갔다. 성문은 이제 그를 가두기 위해서가 아니라, 그를 밀어내기 위해서 완강히 닫혀 있었다.

나는 성 밖의 해자변에 서서, 성루와 성벽의 흐릿한 윤곽을 바라보았다. 떠나온 지 오래되지 않은 양심전과 건청궁이 떠올랐고, 또한 나의 보좌와 황금색으로 밝게 빛나던 궁의 모든 것들이 떠올랐다. 반드시 원수를 갚고, 복위를 이루고야 말겠다는 각오가 솟구치는 분노 속에서 다져졌다. 눈물이 가득 고인 눈으로 궁을 바라보며 나는 마음속으로 맹세했다. 훗날, 나는 반드시 승리자가 되어, 나의 선왕들과 다를 바가 없는 군주의 모습으로 다시 궁으로 돌아오고야 말 것이다. "짜이젠(再見)!" 나는 낮게 속삭였다. 이 말은 작별의 인사이기도 했지만 언젠가는 다시 만나게 되리라는 재회의 다짐이기도 했다.*

---

* 푸이, 앞의 책.

황제는 태어나서 스무 살이 될 때까지 북경에서 살았다. 황제가 되기 전까지는 아버지 순친왕(醇親王)의 집인 순왕부(醇王府)에서, 황제가 된 후에는 자금성에서, 궁에서 쫓겨난 후에는 순왕부를 거쳐 일본 공사관으로 옮겨갔다. 텐진으로 자리를 옮기기까지, 그는 백여 일 동안 외국 대사관 구역인 동교민항(東交民巷)의 일본 조계에서 머물렀다.

비 내리는 북경의 아침, 푸이의 족적을 좇아 여행을 해보는 것은 어떨까. 비에 씻기고, 다시 황사에 덮이고, 또다시 씻겨내리며, 무엇보다도 역사의 주름 속에 묻혀가며, 지나간 것들은 해야 할 말들이 너무 많아 차라리 침묵을 선택하는 것이 낫다고 여길지도 모른다. 그러니, 이제 당신이 무엇을 좇아 걷든, 그것은 결국 침묵 속일 것이다. 비가 그치고 우산을 접었으나, 비의 뒤끝, 북경은 오랜만에 다행히 건조하지 않다.

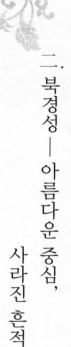

二. 북경성— 아름다운 중심, 사라진 흔적

수없는 파괴와 수없는 건설에도 불구하고, 남은 것은 사라진 것의 기억을 안고 더욱 아름답다. 고궁은 파괴와 건설 속에서도 의연히 남았다.

북경은 원나라와 명나라, 청나라의 수도였다. 역사를 더 거슬러올라가면, 여진족이 세운 금나라가 북경을 정복했었고, 거란족이 세운 요나라도 북경을 점령한 적이 있었다. 요나라는 요동에 있는 수도와 북경을 구분짓기 위해 북경을 남쪽의 수도, 즉 남경이라 명명하기도 했었다. 보다 더 거슬러올라가면, 기원전 2세기 무렵까지 올라가 연나라의 점령시기가 있다. 북경이 '연경'으로도 불리는 이유는 그래서이고, 북경의 맥주가 '연경맥주'인 이유도 바로 그래서이다.

왕조가 여러 번 바뀌기는 했지만, 원나라부터만 따져도 북경은 1200년대 후반 이래로 칠백 년이 넘도록 거대 중국의 수도였다. 칭기즈 칸의 몽골군은 북경을 함락한 후, 한 달에 걸쳐 방화와 약탈, 그리고 살육을 했다. 전쟁의 특성상 병사들에게 약탈과 살육은 권리이며, 끝없이 이어질 전쟁을 위한 축제였을 것이다. 그들은 더이상 남은 것이 없을 때까지 부수고 불태우고 피를 봤다. 그후 오십 년 후, 1271년에 칭기즈 칸의 손자인 쿠빌라이 칸은 원나라를 세우고 북경을 수도로 삼아, 그 이름을 대도라 하였다.

21세기 초반, 북경은 이미 고성의 풍모를 거의 다 잃어버렸지만, 1950년대 초반까지만 하더라도 북경은 외성과 내성이 그대로 남아 있는 고성이었다. 이 고성이 건설된 것은 일반적으로 원나라 세조인 쿠빌라이 시기인 것으로 알려져 있다. 그후, 명나라와 청나라를 거쳐 계속적으로 증축되고 정교화되어, 북경은 내성과 외성, 그리고 황성을 합쳐 스물세 개의 문이 겹겹이 둘러싼 아름다운 도시가 되었다. 아직 성과 성문이 남아 있던 근대 중국의 기억을 갖고 『베이징 이야기輝煌的北京』를 쓴 린위탕(林語堂)은, 책의 서두에 북경을 아래와 같이 소개한 바 있다.

감출 수 없는 베이징의 매력은 어떤 묘사나 정보로도 설명하기 어려운 신비로움 그 자체이다. 파리에서 십여 년을 살았다고 해도 용기 있는 사람만이 이제 이 도시를 알겠다고 당당히 말할 수가 있다. 마찬가지로 베이징도 꼭 한 번 방문해볼 만한 도시이고, 결코 며칠간의 관광으로 완전히 이해했다고 할 수는 없는 곳이다. (……) 중화민국 초기에, 열흘이나 보름 정도 베이징을 여행했던 유럽 사람들이 자기 나라로 돌아가지 않고 결국

에는 베이징에 눌러앉는 것을 나는 많이 보았다. 한 번쯤 베이징에서 살았
다면 베이징을 떠난 뒤에도 베이징은 당신 안에 계속 살아 있을 것이다.[*]

　오늘날, 북경에 처음 온 사람들의 감상은 어떠할까. 내가 처음 북
경에 왔을 때, 첫번째 인상은 북경이 문과 다리로 이루어진 도시라는
것이었다. 택시를 타면, 대개 문과 다리를 기준으로 하여 목적지를
말해야 한다. 예컨대 당신이 잘 알려져 있지 않은 호텔이나 식당을
찾아가려면, 그 호텔이 어느 문이나 어느 다리의 동쪽에 있는지 서쪽
에 있는지, 혹은 남쪽에 있는지 북쪽에 있는지를 알아야 한다. 북경
사람들은 몸속에 나침반이라도 들어 있는 것처럼 어디서나 동서남북
을 안다. 만일 당신이 문이나 다리를 기준으로 하여 왼쪽이나 오른쪽
을 말한다면 택시기사들은 당장에 당황할 것이다. 택시가 가는 방향
에 따라 왼쪽과 오른쪽은 얼마든지 달라지지만, 동서남북은 해가 서
쪽에서 뜨지 않는 한은 달라지지 않는다. 그리고 또하나, 결코 변화
할 수 없는 것으로, 중심이 있다. 동서남북은 방향의 나침반일지 모
르지만, 중심은 그들 사상의 나침반으로 작용을 한다.
　북경 사람들의 나침반에는 자금성을 축으로 하여, 성문들이 그려

---

[*] 린위탕, 『베이징 이야기』, 김정희 옮김, 이산, 2001.

져 있다. 동쪽으로는 동직문과 조양문과 건국문이 있고, 서쪽으로는 서직문과 부성문과 복흥문이 차례로 북으로부터 남쪽으로 나 있다. 남쪽에는 동서 방향으로 숭원문과 정양문과 선무문이, 북쪽에는 안정문과 덕승문이 있다. 그러나 이와 같은 문들은 이미 몸속 나침반에만 그려져 각인되어 있을 뿐, 실제로는 찾아볼 수 없다. 1950년대 후반, 중국은 '대약진운동'과 함께 북경 도시 건설계획안을 내놓는다. 마오쩌둥은 1958년 난닝회의에서 "오래된 것이 나쁘다고는 할 수 없지만, 그렇다고 아주 좋다고 할 수도 없다. 북경의 오래된 고건축물과 성문을 철거한다고 하여 훌쩍거리는 것은, 정치상의 문제라고밖에 볼 수 없다"라고 말하여 고성의 파괴를 반대하는 소수 의견들을 단호히 일축해버렸다. 반대의견을 내놓았던 대표적인 인물은 당시 청화대 건축학과 교수였던 량쓰청(梁思成)이었는데, 그는 북경의 서쪽에 정치 행정 중심 신도시를 건설하여 당면한 문제들을 해결하고, 북경은 고성으로 살려놓아야 한다고 주장했다. 그러나 그의 의견은 묵살되었고, 결국 교통 문제를 해결하고 현대적 도시를 건설한다는 명분 아래, 북경의 외성과 내성의 성곽은 철거되었다. 그후 지속적으로 외성의 일곱 개 문 전부가 철거되었고, 내성은 아홉 개 문 중 정양문의 성루와 전루, 그리고 덕승문의 전루만이 남게 되었으며, 황성에는 유일하게 천안문이 남았다.

부서진 성벽과 성문의 벽돌들은 새로 건설된 공장의 건설자재로 쓰여, 사회주의국가 건설의 폐품 활용가치를 높였다. 량쓰청은 그렇게 파편이 된 성벽의 벽돌을 끌어안고는 "오십 년 후, 당신들은 분명히 후회하게 될 것이다!"라고 비분에 차서 절망적인 외침을 터뜨렸다. 그는 그 외침으로 말미암아 문화대혁명 기간 동안 가혹한 비판을 받고 거의 나락으로 떨어져내리지만, 외침만은 그대로 남아 현실이 되었다. 남아 있는 것들의 아름다움을 눈으로 보고 나면, 중국인이 아니더라도, 가슴이 아픈 것을 어쩔 수가 없는 것이다. 여기 그대로 모든 것이 있었다면, 북경은 얼마나 아름다웠겠는지. 북경의 신비로움을 칭송한 린위탕의 말은 얼마나 가슴에 와 닿았겠는지……

그러나, 파괴는 건설의 씨앗이 될 수도 있다. 원나라는 북경을 백 일 동안이나 불태운 후, 그 잿더미 위에 다시 도시를 건설하였고, 명나라는 원나라의 황궁을 파괴하여 자금성 뒤쪽 경산 아래에 파묻어버리고는 오늘날의 자금성을 건설하였다. 청나라 후기에 이르면, 소위 연합군이라고 하는 유럽 군대들이 수차 북경을 불바다로 만들었으니, 그 참혹한 파괴의 흔적은 아직도 원명원에 고스란히 보존되어 있다. 그러나 도시는 여전히 남아, 현대 중국 수도의 면모를 이루었다.

청나라 왕조가 계속되고, 소년 푸이가 꿈꾸었던 것처럼 그가 중국을 통치하였다고 하더라도, 북경의 아름다운 성곽과 성문들이 보존

자금성의 내정

되었을지는 의문이다. 푸이는 그의 영국인 가정교사에게 경도되어 서양 문물들을 열정적으로 흠모했다. 그는 테니스와 골프를 쳤고, 안경을 꼈고, 카메라로 사진을 찍었으며, 대신들의 반대에도 불구하고 전용 전화기를 설치해 결혼 전 얼굴도 보지 못한 황후와 전화통화로 인사를 나누었다. 그는 누구도 강요하지 않았으나 스스로 변발을 잘라버려 늙은 태후들을 대성통곡하게 만들기도 했다. 서양 복장에 대한 선호도 심하여 내관을 시켜 성 밖 시장에서 서양 옷을 사다 입기도 했었다. 자전거에 방해가 되는 궁중의 문턱을 없앴던 푸이가 훗날 복위황제가 되어 궁 안뿐만이 아니라 궁 밖까지 통치하게 되었다면, 가장 먼저 교통에 방해가 되는 성곽을 없애라고 했을지도 모른다.

건설의 시대에 오십 년 후를 걱정할 여유 같은 것은 없었을 것이다. 왕조의 황제들이 그러했던 것처럼, 아니 그보다 훨씬 더 절박하게, 마오쩌둥은 십억이 넘는 그의 식구들을 먹여살려야 하는, 식구가 많아도 너무 많은 집안의 가장이었다.

수없는 파괴와 수없는 건설에도 불구하고, 남은 것은 사라진 것의 기억을 안고 더욱 아름답다. 고궁은 파괴와 건설 속에서도 의연히 남았다.

三. 자금성 — 위대한 권력

차갑고 뜨거운 돌바닥. 모든 것의 위에 있는 권력의 냉혹함과 뻔뻔함…… 그러나. 그렇더라도 위대하였을까. 세 살 때 푸이는 바로 그곳. 태화전에서 황제 즉위식을 가졌다.

자금성은 명나라 영락제 18년, 1420년에 완공되었으며, 총면적 칠십이만 평, 구천구백구십구 칸의 규모로 건설되었다.[*] 한 칸을 남겨 일만을 채우지 않은 것은 만이라는 숫자가 천상의 황제, 즉 옥황상제에게나 허용되는 것이기 때문이었다. 지상의 황제는 한 걸음 앞에서 천상의 황제에게 예의를 갖췄다. 그렇더라도 궁의 이름은 자금성, 천상의 황궁이라고 여겼던 자미궁(紫微宮)의 앞 자를 뽑아다 썼다. 그래서 옛날 사람들은 자금성을 자궁(紫宮)이라고도 불렀다. 그러나 현재는 자금성이라는 고유명사보다는 고궁이라는 일반명사가

---

　[*] 혹은 구천구백구십구 칸 반이라고도 한다. 이 반 칸은 협화문 동북쪽에 있는 문연각(文淵閣)의 아래층, 계단으로 이용되는 작은 공간을 말한다.

더 보편적으로 쓰이고 있고, 공식적으로는 고궁박물원(故宮博物院)으로 불리어진다.

　고궁박물원의 공식 사이트에 들어가보면 고궁을 유람하는 코스가 나오는데, 하루 코스부터 한 시간 코스까지 몇 종류로 구분이 되어 있다. 말하자면 하루 종일을 보아도 충분하다는 것인데, 원한다면 하루뿐이겠는가. 자금성에 숨어 있는 수없이 많은 이야기들을 좇아가다보면 어디에서 길을 잃게 될지 알 수 없는 노릇이다. 명조 청조 두 왕조 동안 스물네 명의 황제가 자금성에서 즉위를 하고, 또한 세상을 등졌다. 가장 짧게는 고작 삼십 일 동안 황제 노릇을 한 명나라 태창제부터 육십일 년 동안이나 재위를 한 청나라 강희제까지 길면 긴 대로, 짧으면 짧은 대로 자금성은 그들의 이야기를 모두 품었다.* 어디 황제들뿐이겠는가. 비빈들의 이야기를 또한 빼놓을 수 없으며, 환관들의 이야기가 거기에 덧붙는다. 위대한 통치와 건설 뒤에는 음모와 모략이 있으며, 또한 역사적인 러브 스토리가 있다.

　청나라의 멸망에 서태후라는 여인이 있다면, 명나라의 멸망에는

---

* 청나라 건륭제는 자신의 재위가 육십 년에 이르자 조부 강희제의 재위기간인 육십일 년을 초과하는 것이 불경스러운 일이라고 하여 황제의 자리를 양위했다. 그리고 그 자신은 태상황제가 되었다. 그가 태상황제의 자리에 있던 삼 년을 합친다면 그는 중국 역대 황제 중 재위기간이 사실상 가장 긴 황제가 된다.

진원원(陳圓圓)이라는 여인이 있다. 명나라 말기 농민반란을 일으킨 이자성이 북경을 점령했을 때, 북경에는 명나라 장수 오삼계의 애첩인 진원원이 있었다. 당시 산해관을 지키고 있던 오삼계는 이자성의 부하장수인 유종민이 진원원을 취했다는 소식을 듣고는 격분하여 산해관 밖의 북방세력이었던 청군과 연합, 산해관의 문을 활짝 열어주었다. 산해관은 청군이 넘을 수 없던 최후의 고지였으나, 오삼계로 인하여 청나라는 산해관을 통과하는 것은 물론 북경에까지도 무혈입성을 할 수 있게 된 것이다.

오삼계는 진원원의 소식을 듣기 직전까지만 해도 이자성에게 투항을 할 작정이었다. 대세는 어차피 기울었으니, 어쨌든 이민족인 청군보다는 같은 한족인 이자성이 낫다고 여겼던 것이다. 게다가 북경에 억류중이던 그의 아버지까지도 투항을 권유했다. 그러나 그는 연인의 소식을 듣자마자, 민족이고 뭐고, 물불을 가리지 않았다.

"대장부가 여인 하나를 구하지 못할 것이냐!"

오삼계의 단호한 외침이었다. 그는 자신의 말대로 '그의 여인'을 구하였으나, 여인 하나를 구하는 대신 자기 민족 전체를 이민족의 무릎 아래에 내던져버렸다. 후일담이지만, 오삼계는 진원원을 다시 자신의 여인으로 삼은 뒤 죽는 날까지 해로했다고 전해진다. 그리고 그 자신은 훗날 청에 대항하여 반역을 일으켰으며, 스스로를 황제라 칭

하기도 했다.[*]

　이자성, 혹은 오삼계와 진원원의 역할이 없었더라도, 물론 명조는 멸망하였을 것이다. 오래된 것은 결국 새로운 것을 위해 자리를 내줄 수밖에 없다. 그것은 때로 작은 흔들림이기도 하지만, 때로는 모든 것의 끝이기도 하다. 한 왕조가 멸망하는 동안 죽음 같은 사랑을 한 연인들이 어디 오삼계와 진원원뿐이겠는가. 그렇더라도 오삼계와 진원원은 민족을 팔아먹은 연인들이 되어 역사에 지울 수 없는 이름을 남겼다. 사랑은 위대하기도 하지만, 모든 것의 전복이기도 하다. 하기야 그래서 역설적으로 위대한 것이기도 하겠지만……

　역사적인 사랑 이야기는 그후로도 이어진다. 오삼계의 덕분으로 북경에 입성을 하여 통일중국을 지배하는 첫번째 청나라 황제가 된 순치제는 이루 말할 수 없이 사랑했던 동악비가 세상을 뜨자, 황제고 뭐고 다 관두고 출가하여 중이나 되겠다고 선언을 한다. 순치제가 황위에 오른 것은 여섯 살 때의 일이다. 당시 숙부와 형 사이의 왕권 다툼이 피할 수 없는 파국으로 치닫자, 순치제는 양대 권력의 타협책으로 명목뿐인 황제가 되었다.^{**} 황제의 위에 존재하는 종친의 권력은

---

* 오삼계는 1678년 5월에 청에 대항하여 '주(周)'라는 나라를 열었다. 그는 황제의 자리에 오른 지 세 달 만에 병사하고, 그의 손자인 세번(世璠)이 황위를 계승하였으나 일 년 뒤 청군에 의해 완전히 진압된다.

어린 황제에게는 얼마나 쓰고 얼마나 두려운 것이었을까. 그런 그에게 사랑이 다가왔을 때, 그 사랑은 또한 얼마나 달고 얼마나 뜨거웠을까.

정사에 의하면 순치제는 승려가 되겠다는 소망을 이루지 못한 채 그 이듬해에 천연두로 세상을 떴다고 되어 있다. 그러나 야사는 다르다. 순치제는 실제로 황위를 버렸음은 물론이거니와 오대산으로 출가하여 법명을 받아 중이 되었다고 한다. 궁중에서는 그와 같은 사실을 숨기기 위해 거짓 국상을 발표했고, 또한 거짓 장례까지 치렀다는 것이다. 그리하여 순치제의 묘 속에는 시신 대신 부채 하나와 신발 한 켤레가 들어 있을 뿐이라는 것이다.

사랑은 누구에게나 아름답다. 그러나 가혹할 정도로 이기적이기도 하다. 자기의 애첩을 구하기 위해 나라를 버린 오삼계만큼은 아니겠으나, 순치제 역시 이기적인 사랑의 면모를 혹독하게 보여준다. 그는 동악비를 위해 어마어마하게 호화로운 장례를 치렀음은 물론, 그 여인의 저승길이 외롭지 않도록 삼십여 명에 이르는 궁녀와 내시들을 순장시키기까지 했다. 명나라 중기에 금지되었던 순장제도는 이

** 누르하치의 열네번째 아들인 도르곤과 2대 황제 홍타이지의 장자인 하오거가 제위를 다투었다. 결과적으로 홍타이지의 아홉번째 아들인 순치제가 당시 여섯 살의 나이로 제위에 올랐고, 도르곤이 섭정왕이 되어 실질적인 통치권을 누렸다.

민족인 청나라가 집권하였을 때 다시 그 악습을 이어나갔지만, 황제도 아니고 황후도 아닌, 후궁의 죽음에 그토록 많은 수의 사람이 순장된 것은 이례적인 일이었다. 한 여인에게 바쳐진 사랑의 피비린내가 무섭다. 순치제가 정말로 오대산에 들어가 승려가 되었다면, 그는 누구를 위하여 독경을 했을까.

정사의 뒤에는 항상 야사가 존재하고, 그 이야기는 풍성하며 훨씬 더 인간적이다. 그리하여 사람들은 기록된 것보다는 기록되지 않은 것의 숨어 있는 이야기에 더 관심을 갖는다. 순치제에 대하여 민간에서 떠돈 이야기는 도굴범들에게까지 영향을 미쳐, 청대의 황릉 중 도굴되지 않은 것은 유일하게 순치제의 효릉밖에는 없다. 고작 부채와 신발 한 켤레를 얻기 위해 목숨을 걸고 무덤을 팔 만큼 '어리석은 도굴꾼'은 없었다는 것이다.

그런데, 21세기에도 여전히 숨어 있는, 보물과 같은 이야기라는 것이 존재할까. 자금성에는 어떠할까. 서태후를 보좌하며 이 년 동안 궁궐생활을 했던 덕령(德齡)*이 그 이 년 동안을 기록한 책, 『청나라 궁중에서의 생활淸宮中的生活寫照』에는 보물과 같은 이야기가 아

---

* 덕령은 프랑스 대사를 지냈던 부친을 좇아 유년 시절을 프랑스에서 보내고 귀국한 후 서태후에게 발탁되어 외빈 통역과 일상 시중 등, 서태후의 생활을 보좌했다.

니라, 실제로 숨겨진 보물에 대한 이야기가 나온다.

　태후의 침실 옆문을 통해 약 십오 피트쯤 되는 통로를 지나자, 전체가
아름다운 그림으로 장식된 벽이 나타났다. 태후가 내관 한 사람에게 뭐라
고 말을 하자, 내관이 몸을 구부려 통로의 끝 밑부분에 있는 코르크 막대
기를 뽑아냈다. (……) 나는 비로소 내가 그동안 벽이라고 여겼던 것이
실은 움직이는 문이라는 것을 알게 되었다. 문을 움직이자, 밀실이 나타났
다. (……) 밀실의 끝에 이르러 다시 아까와 같은 방식으로 벽을 움직이
자 또하나의 밀실이 나타났고, 다시 또하나의 밀실이 나타났다. (……)
　1900년 팔 개국 연합군의 북경 침공을 피해 피란을 할 당시, 태후는 자
신의 금은보화를 전부 그곳, 밀실에 감춰두었었다. 나중에 돌아와보니,
금은보화들은 고스란히 그 자리에 있었다. 약탈자들이 설마 그런 곳에 밀
실이 있으리라고는 미처 생각지 못했었던 것이다.
　태후가 자금성을 좋아할 수 없는 이유 중의 하나는, 바로 이와 같은 밀
실의 존재에 있었다. 궁궐의 얼마나 많은 곳들이 그처럼 신비한 비밀 속에
감춰져 있는지, 태후조차도 다 알 수 없었기 때문이었다.

　서태후의 침실은 장춘궁과 저수궁 두 곳이었다. 처음 입궁을 해서
는 저수궁에 머물다가 나중에 장춘궁으로 옮겼고, 오십번째 생일이

지난 후에는 다시 저수궁으로 돌아왔다. 위의 기록은 태후의 나이 이미 일흔에 가까웠을 때의 것이니, 저수궁에 관련된 기록이겠다. 저수궁은 자금성의 북서쪽에 있다.

21세기에 '아직도 남아 있는 것'이 있겠느냐고 말했지만, 후세의 사람들이 위의 기록에 남아 있던 밀실을 찾았다거나, 더군다나 그 밀실에 숨겨져 있던 금은보화를 발견했다는 얘기는 들려오는 바가 없다. 독자의 흥미를 끌기 위한 작가의 상상에 불과했던 것일까?[*]

그렇다면 오늘날까지도 여전히 남아 있는 것은 결국 상상력이다.

관광객들이 저수궁을 참관할 때면, 유리창에 코를 갖다 붙일 듯이 하고 안을 들여다보지만, 어떻게 해도 들여다보이지 않는 비밀스러운 공간이 두 곳이 있다.

이렇게 시작되는 고궁박물원 담당자의 어느 인터뷰 기사에 의하면, 그 두 곳이란 태후가 한밤중에 용변을 보는 곳, 그리고 세수를 하는 곳이다. 세수를 하는 곳에는 거울과 세숫대야, 그리고 마로 만들어진 수건이 단출하게 놓여 있을 뿐이다. 사실과 상상력의 사이……

---

[*] 덕령의 『청나라 궁중에서의 생활』은 소설이 아니라, 자신의 경험을 바탕으로 한 기록이다. 이 책은 1911년에 '淸宮二年記(청 궁궐에서의 이 년)'라는 제목으로 처음 출판되었다.

그것은 존재하는 것과 존재하지 않는 것, 혹은 사실과 허구 사이의 거리와는 다르다. 과거의 거울을 통해 사람의 이야기를 찾는 것, 인간인 황제와 인간인 태후, 마찬가지로 인간인 환관과 인간인 노예…… 영광과 굴욕, 그 모든 것을 숨결로 이어붙이는 것, 따로 떨어진 이야기가 아니라 한 몸의 살과 숨결이 되게 하는 것…… 상상력은 그 틈에서 존재한다.

고궁을 처음 찾았을 때, 첫인상은 삭막하다는 것이다. 후궁인 내정에 이르기까지 나무 한 그루를 볼 수 없기 때문이다.* 고궁은 돌로 이루어진 바닥과 붉은 칠을 한 담과 끝없이 이어지는 궁전의 지붕들, 황색 유리기와의 선으로만 다가온다. 살아 있는 것은 관광객들뿐, 바람이나 새나 꽃씨들이 날아와 숨을 쉴 곳이 없다. 예전부터 소방수를 담아놓았던 청동항아리들이 거대하고 시커먼 아가리를 벌려 침묵을 삼키는 듯하다.

---

* 자금성은 황제가 정사를 보는 외조(外朝)와 황제가 일상적인 정무를 보거나, 황후와 황비, 황자의 거처, 혹은 신당 등이 있는 내정(內廷, 후궁)으로 나뉜다. 외조의 3대 궁전으로 태화전, 중화전, 보화전이 있고 내정의 3대 궁전으로는 건청궁, 교태전, 곤녕궁이 있다.

고궁에 나무가 없는 것은 궁을 외적으로부터 지키기 위해서라는 설이 있다. 청나라 가경제 18년 농민반란군이 자금성의 서화문을 깨고 들어와 융종문까지 진격하였는데, 그때 반란군들이 나무를 타고 성의 내벽들을 넘었던바, 그에 기겁을 한 황제가 궁의 나무들을 모두 베어버리게 했다는 것이다.[*] 반면 그것은 일설에 불과할 뿐, 본질적인 이유는 황제의 위엄을 나타내기 위해서라는 주장도 있다. 황궁의 정문인 오문을 지나 태화문을 거쳐 궁의 중심인 태화전에 이르기까지 일직선으로 곧고 광활하게 뻗은 길은 황제의 존엄을 드러내는바, 그 시선의 거칠 것 없는 웅장함을 위해서라도 나무와 풀의 존재는 오히려 방해가 될 뿐이었다는 것이다. 만일 그 주장이 사실이라면, 의도한 바대로 자금성은 차갑고 엄숙하게만 보인다.

　태화문과 태화전은 궁중의 가장 중요한 의례가 행해지는 곳이자, 황제가 조회를 보는 곳이기도 하다. 오전 일곱시 혹은 여덟시, 부지런한 황제는 매일같이 대신들의 말을 듣기 위해 태화문 앞의 어좌에 올랐다. 부지런한 황제보다 더욱 부지런하기 위해, 대신들은 새벽 세시, 네시에 잠을 깨 어두운 새벽길을 달려 다섯시 무렵에는 이미 오문 앞에서 황궁의 문이 열리기를 기다렸다. 왕조를 연 황제들은 대개

---

[*] 융종문의 편액에는 당시 농민군이 쏘았던 화살 자국이 아직 남아 있다.

부지런하고, 정사에 열중하였으며, 자신을 헌신하는 것에 즐거움을 느꼈다. 그리고 왕조의 끝자락에 있는 황제들은 게으르고 탐욕스러웠으며 무능했다. 명나라 후기에 접어들면서 정덕제는 십 년 이상, 그리고 만력제는 그의 재위기간 중 절반 이상을, 조회와는 담을 쌓고 살았다.

혼군으로 악명을 떨친 명나라 정덕제 14년, 놀기를 좋아하는 황제가 정사는 돌보지 않고 강남으로 여행을 갈 차비를 차리자, 대신들이 황제의 원행을 막고 나섰다. 그에 대로를 한 황제는 백사십육 명의 신하들에게 벌로 닷새 동안을 무릎을 꿇고 앉아 있게 했다. 닷새가 지나도 분이 안 풀린 황제는 다시 백 대에서 삼십 대까지의 곤장을 치도록 벌을 내렸고, 열한 명의 대신이 그 결과로 목숨을 잃었다.

그런 황제 곁에는 또 그런 환관이 있다. 정덕제 시절의 환관 유근 (劉瑾)은 황제의 보좌 곁에서 정사를 마음대로 주무른다 하여 '서 있는 황제'로 불릴 정도로 막강한 권력을 누렸는데, 그의 악행을 고발하는 익명서가 날아들자 조회를 끝내고 퇴청하는 모든 대신들을 바닥에 꿇어앉게 했다. 때는 음력 6월 염천의 정오 무렵, 삼백 명이 넘는 고관대작들이 한낱 환관의 명령에 의해 무릎이 꿇렸다. 나무 그늘 하나 없는, 펄펄 끓는 돌바닥 위, 대신들이 견딜 수 없었던 것은 더위와 갈증뿐만이 아니라 굴욕과 모멸이기도 했을 것이다. 어느 쪽이 더 고통스러웠을까. 마침내 하나, 둘 혼절을 하여 쓰러지는 사람들이 나타났으나 유근은 시원한 수박을 먹으며 그들을 지켜보았다. 그러고는 밤이 되자 그 모든 대신들을 한꺼번에 감옥에 처넣어버렸다.

차갑고 뜨거운 돌바닥, 모든 것의 위에 있는 권력의 냉혹함과 뻔뻔함…… 그러나, 그렇더라도 위대하였을까. 세 살 때 푸이는 바로 그곳, 태화전에서 황제 즉위식을 가졌다. 음력 11월 9일, 하필이면 엄동설한, 아이는 얼마나 추웠을까. 길고 긴 의식이 진행되는 동안, 꽁꽁 얼어붙은 아기 황제는 마침내 울음을 터뜨렸고, '집에 가겠다'고 발버둥을 쳐대기 시작했다. 섭정왕인 부친은 진땀을 흘리며 "울지 마라, 곧 끝난다, 곧 끝날 거야"라는 말을 반복하는 이외에 달리 방법이 없었다. 아비의 말이 불길한 암시는 아니었겠으나, 푸이가 황제 자리에 머물러 있던 시간은 고작 삼 년 삼 개월, 아비의 말처럼 그야말로 '곧' 끝이 나버린 것은 사실이었다. 그러나 세 살 아이가 황제가 된다는 것이 무엇인지 몰랐을 것처럼 일곱 살 아이 역시 황제가 아니게 된다는 것이 무엇을 뜻하는 것인지는 알지 못했을 것이다. 그는 여전히 궁궐에 머물러 살았고, 그의 곁에는 내관들이 있었고, 또한 대신들도 있었다. 황제는 자진 퇴위하는 대신, 그의 존호와 재산과 북쪽의 내궁과 그 궁 안에서의 권력을 유지하는 것을 허용받았다.* 거듭되는 '혁명'에도 불구하고, 사라진다는 것은 그리 쉬운 일이 아니다. 사라지는 것은 그림자를 남기고, 그림자는 그리움을 남긴다. 십여 년이 흘러 퇴위황제인 푸이가 결혼식을 하던 날, 정부의 대표사절이었던 인창(蔭昌)은 규정대로 허리를 굽혀 인사를 하다 말고, 돌연 감격에 찬 목소리로 외치듯 말했다. "방금 전에는 정부를 대표한 인사였고, 이제는 소인(奴才)** 스스로 황제 폐하께 하례를 올리옵니다." 그는 말을 마치자마자 제국의 방식대로 이마를 바닥에 부딪혀가며 엎드려 절을 하기 시작했다.

사라진 제국에서 여전히 존재하였던 황제, 그것은 그에게 유지된 존호의 상징이 아니라 그의 내부의 상징이었다. 그의 유일한 꿈은 제국을 다시 살리는 것이었다. 그러나 그를 배반한 것은 사람이 아니라 시대였다. 그가 어떤 꿈을 꾸든 간에 시대를 역행하는 일은 불가능하였고, 그래서 그의 '위대한 꿈'은 불행했다. 그러나 시대를 잘 만나 태어난 위대한 제국의 황제들은 행복하였을까.

자금성에는 황제의 죽음에 대한 은밀한 비밀들이 곳곳에 존재한

---

* 푸이는 그후 소황제(小皇帝)로 불렸고, 자금성 안의 정부는 작은 조정(小朝廷)이라고 불렸다.
** 황제 앞에서 자신을 낮춰 스스로를 호칭하는 '노재(奴才)'라는 말이 있다. 고관대신들 역시 황제 앞에서는 자신을 노재라 호칭해야만 한다. 인창은 스스로를 노재라 하고, 황궁의 예법으로 절을 함으로써, 황제의 존재를 인정했다.

다. 그의 선대 황제였던 광서제는 서태후가 서거하기 바로 전날 세상을 떴는데, 그의 죽음은 서태후 혹은 원세개에 의한 독살이었을 것이라는 의혹에 싸인 채, 여전히 의문으로 남아 있다. 광서제는 서태후로 인하여 황제가 되었으나 서태후의 보수정치에 반대하여 유신혁명(무술변법戊戌變法)을 기도하다 유폐되어, 죽는 날까지 허깨비 황제로 살았다. 서태후는 자기가 죽은 후에 광서제가 다시 권력을 잡는 것을 두려워했을 수도 있다. 광서제의 유신혁명 계획을 서태후에게 고자질함으로써 혁명을 무산시키고 광서제를 허깨비로 만드는 데 결정적인 역할을 한 원세개 역시 광서제가 두렵기는 마찬가지였을 것이다. 그러나 황제의 죽음은 남았으되, 증거는 남지 않았다. 서태후의 아들이며 광서제의 선대 황제인 동치제는 매일 밤 궁을 빠져나가 거리의 창녀들과 어울린 끝에 매독에 걸려 죽었다는 추문에서 자유롭지 못하다. 더 멀리 올라가, 더 위대했던 제국의 시대에도 황제들의 죽음에는 흔히 의혹이 따라붙는다.

죽지는 않고 살았으되, 죽음보다 더 치욕스러운 기록을 남긴 황제도 있다. 궁녀들에게 맞아 죽을 뻔한 황제가 있었으니, 그는 정덕제와 함께 황음 패악한 혼군으로 이름을 떨친 명나라 12대 황제 세종 가정제이다. 이른바 '임인궁변(壬寅宮變)'이라고 일컬어지는 이 사건은 열댓 명의 궁녀들이 한밤중에 황제의 처소로 일제히 달려들어가 잠들어 있던 황제를 끈으로 동여매고는 차고 밟고 두들겨패, 그야말로 때려죽이려고 했던, 역사상 유례를 찾아볼 수 없는 희대의 사건이다. 황제는 끈이 느슨해진 틈을 타 간신히 도망칠 수 있었으나, 그후 자그마치 한 달 동안이나 몸져누워 있었다고 전해진다. 죽도록 얻어맞은 몸의 아픔도 아픔이었겠으나, 심화를 또한 견딜 수 없었을 것이다.

스스로를 도사라고 자처하며 불로장생과 방중술을 위한 영약을 제조하는 데만 심취했던 가정제는 그 영약의 원료로 처녀들이 월경시에 흘린 피를 쓰기도 했다. 어린 궁녀들의 고초가 오죽하였으랴. 그의 재임기간 동안 죽어나간 궁녀 수만 해도 이백 명에 달한다는 기록이 있다. 그러니 궁녀들로서는 이래 죽으나 저래 죽으나, 뭐, 그런 심정이었을 수도 있겠다. 그렇더라도 때는 1542년, 위대한 제국의 시대에, 궁녀들에게 맞아 죽을 뻔한 황제라니……*

자금성의 내정에 이르기까지, 풀과 나무를 볼 수 없는 것처럼 또하나 볼 수 없는 것은 가로등이다. 날이 밝았을 때 궁을 참관하고 날이 어두워지기 전에 다시 궁문을 나와야 하는 관광객들로서는 불빛 하나 없는 자금성의 어둠을 상상하기가 쉽지 않은 일이다. 그러나 밤마

---

* 또다른 설에 의하면, 비빈들 간의 권력 쟁투로 인하여 이 궁변이 발생하였다고도 한다.

다 자금성은 칠흑보다 더 깊은 어둠 속에 잠겼다. 명나라 천계제 때까지는 존재했던 가로등이 사라진 것은 환관 위충현 때문인 것으로 알려져 있다. 밤마다 궁 밖을 나가 이런저런 모의를 해야 했던 위충현은 자신의 종적이 드러나는 것을 우려한 나머지 화재의 위험을 빙자하여 가로등을 전부 철거해버렸던 것이다. 어느 시대에나 궁에는 어둠이 필요한 존재들이 있다. 그러나 그 어두운 밤마다 궁이 꾸는 꿈은 단지 음모와 모략만은 아니었다.

예정된 몰락의 길을 걷는다고는 하더라도, 개국과 번영의 시대에, 황제들은 그들의 탐욕만큼이나 화려한 건설을 이루었다. 혹은 탐욕보다 더 많은 것을 이루었거나. 명나라 개국황제인 태조 홍무제 주원장은 전투뿐만 아니라 정무를 처리하는 데 있어서도 무지막지한 근면성을 보여준 황제이다. 홍무 18년 9월 14일부터 21일까지 팔 일 동안 그가 처리한 정무의 건수가 오천 건에 이른다는 기록이 있을 정도이다. 환산해보면 하루당 약 육백 건의 정무를 처리한 셈이다. 잠은 언제 잘 수 있었을까? 한때는 개국공신이었으나 훗날에는 제국의 위협이 될 수도 있는 인물들을 선별하여 가차 없이 죽이기 위해 그는 또 잠들 수 있는 시간을 아껴야 했다. 주원장의 시대 동안, 대신들은 매일 아침마다 가족들과 생사 간의 작별을 해야 했다. 그날 궁에서 돌아오면 하루를 더 살게 된 것이고, 돌아오지 못하면 그날이 마지막

이었다.

명나라 멸망 이후 중원에 들어온 청나라는 도덕적이고 근검한 왕조의 모습으로 대륙 지배의 정통성을 마련했다. 청나라 궁의 지출은 명나라 시기에 비해 자그마치 구십칠 퍼센트가 감소했다. 환관과 궁녀의 수는 백분의 일까지 줄였고, 비빈의 수 역시 십 인가량으로 제한해 3궁 6원 72비(三宮六院七十二妃)의 후궁제도를 운영했던 명나라 시기에 비해 크게 감소했다.

청나라 8대 황제 도광제는 근검절약으로 유명한 황제이다. 그는 옷을 꿰매입었을 뿐 아니라 반찬의 수도 네 가지 이하로 제한했을 정도였다. 어느 해 황후의 생일날, 도광제는 오랜만에 내정에서 일하는 궁녀와 환관들에게 국수를 끓여 내주도록 지시했다. 단, 고기보다는 버섯을 많이 넣을 것. 내정대신이 돼지를 몇 마리나 잡으면 좋겠느냐 물었을 때, 도광제는 네 마리라고 답했다. 전례에 의하면 이런 경우에는 돼지를 열 마리는 잡도록 되어 있었기 때문에 내정대신이 머뭇거리자, 도광제의 말이었다.

"지금 우리나라는 영국과 전쟁중이니, 마땅히 근검절약해야만 할 것이다."

나라가 위급에 처해도 보좌의 화려함만을 챙기는 황제가 있는가 하면, 몸소 고통에 동참하는 황제도 있는 것이다. 황제가 옷을 기워

입자 멀쩡한 옷에 천을 덧대 황제를 흉내내는 신하가 생기기도 했다. 황제는 그 신하에게 너희 동네에서는 옷을 꿰매는 데 돈이 얼마나 드느냐고 물었다. 그런 질문을 받으리라고는 상상도 못 한 신하가 진땀을 흘리며 대충 얼마라고 대답을 하자, 황제는 깜짝 놀라며 너희 동네가 궁궐보다 훨씬 싸구나, 감탄했다고 전해진다. 위기에 휩싸인 나라의 주인은 온 마음을 다하여 그의 사랑하는 백성들을 위해 할 수 있는 모든 것을 다 하려고 했던 듯하다. 바지를 기운 바느질 한 땀마다 자금성의 슬픈 꿈이 같이 꿰매어진다.

건청궁부터 고궁의 북쪽은 고궁의 내정이라 하여 황제와 황후들의 일상생활이 이루어지는 곳이다. 외조가 위엄을 나타내기 위해 광활한 공간과 차가운 돌바닥의 엄숙함을 최대한 나타냈던 반면, 내정은 비교적 작은 공간에 많은 건축물들이 모여 있다. 황제와 황후도 사람인지라, 사람이 사람처럼 사는 곳, 그곳에는 비로소 풀과 나무가 보이고, 어화원이라는 정원도 보인다. 황제는 이곳에 이르러서야 숨을 늦추고, 걸음을 느리게 하여 편안한 휴식을 즐길 수 있었을 것이다.

그러나 이 달콤한 휴식의 화원에 눈을 끄는 무언가가 있다. 서쪽 천추정 부근에 있는 통로의 바닥을 살펴보면 석각화가 보인다. 그런데 이 석각화의 묘사가 놀랍다. 황제는 꿇어앉아 무언가를 호소하고 있고, 궁녀는 황제의 등을 타고 앉아 의기양양한가 하면, 황제를 빗

경산공원. 숭정제가 이곳에서 목을 매 죽었다.
산은 자금성을 건축할 때 해자를 파고 남은 흙으로 만들어졌다.

자루로 때리고 있고, 또 궁녀에게 쫓겨 말을 타고 도망치는 황제의 모습도 보인다. 이른바 '기군화(欺君畵)', 즉 괴롭힘을 당하는 군주라는 제목으로 불리는 이 석각화에 대해서는 그 어떤 사료도 존재하지 않는다. 대체 얼마나 오래 거기에 있었을까. 그리고 대체 그 의미는 무엇일까. 만일 그것이 명나라 초기부터 존재했던 것이라면, 무슨 심오한 의미가 있기에 수백 년 동안 스무 명이 넘는 황제가 그것을 묵과하였을까. 죽은 황제들이 그 석각화를 보면서 어떤 감상을 느꼈는지 말할 수 없는 것처럼 역사도 그 석각화에 대해서는 아무 말도 하지 않는다. 그러나 믿을 수 없게도 그 석각화는 자금성을 방문하여 끈기 있게 구석구석을 살펴본 당신의 눈앞에 명백히 현존한다. 지상의 유일한 권력인 황제, 그에 대한 무언의 훈계이며 징계였을까. 그 역시 한낱 인간이라는…… 속되게 말하면, '까불지 말라'는……

한낱 인간인 황제, 명나라의 숭정제는 명나라가 멸망하던 날, 조회에 대신들이 나타나지 않는 것을 보고는 자신의 최후가 다가왔음을 알았다. 그는 황후와 후궁에게 자진을 명령했다. 황후는 목을 매달아 죽었으나 후궁은 목을 매려 했던 끈이 끊어지는 바람에 자진에 실패했다. 숭정제가 손수 자진에 실패한 후궁과 용기를 내지 못한 공주에게 칼을 휘둘렀다. 후궁의 목이 베어졌고, 여섯 살짜리 공주는 아비의 칼에 팔이 잘려나갔다. 피 묻은 칼을 떨군 후, 명나라 마지막 황제 숭정제는 궁의 북문인 신무문을 나서 해자를 건너 경산* 으로 올라갔다. 그는 그곳에서 목을 매달아 죽었다.

청나라의 마지막 황제 푸이 역시, 그의 거처인 양심전에서 어화원을 거쳐 신무문에서 그를 호송하기 위해 대기중이던 자동차에 실려 자금성을 떠났다. 그는 살아남았으나, 그후 다시는 황제의 신분으로는 궁에 돌아오지 못했다.

제국이 멸망한 후, 인민의 권력으로 살아난 중화인민공화국의 주석은 황궁에 대해 어떠한 감상을 가졌을까. 마오쩌둥은 살아 있는 동안 단 한 번도 고궁을 관람하지 않았다. 그는 딱 세 번 고궁을 찾았으나, 그때마다 성루 위에 올라 고궁을 내려다보았을 뿐, 그 경내에 발을 디디려고는 하지 않았다. 제국과 낡은 역사에 대한 경계였을까. 아니면 그 자신에 대한 경계였을까.

---

* 당시에는 매산(煤山)이라고 불렸다.

제국의 뒷길을 걷다

68

四. 황성 — 황제에게로 가는 길

곳곳에서 만나는 공사현장은 좀더 새로운 것을 위해서이기도 하고, 그 새로운 것을 파괴하여 옛것을 복원하기 위해서이기도 하다. 말하자면 황성으로 가는 길은, 여전히 역사가 움직이고 있는 길이다. 영광과 고난을 모두 끌어안고, 길은 끝없이 움직여왔다.

© 남은

오래전, 북경은 성과 성으로 이루어진 도시였다. 외성을 지나면 내성이 나오고, 내성을 지나면 황성이 나왔으며, 황성을 지나야 비로소 황궁에 이를 수 있었다. 황제에게로 이르는 기나긴 길은 정확히 중축선상에 놓여, 정남에서 정북으로 일직선상에 뻗어 있다. 박지원은 그의 『열하일기』에서, 황성으로 이르는 길을 이렇게 묘사했다.

통주에서 황성까지 사십 리 사이는 길바닥에 죽 돌을 깔아 쇠수레바퀴들이 마주치는 소리가 더욱 놀라워 사람의 심신을 뒤흔들어 오히려 불안케 만들었다.*

---

* 박지원, 『열하일기』, 리상호 옮김, 보리, 2004.

황성 · 황제에게로 가는 길

오늘날, 박지원이 밟았던, 사람의 심신을 뒤흔들었다는 돌바닥은 차도로 바뀌었다. 중심으로 향하는 길의 거대한 문이었던 외성문과 일부 황성문은 일찌감치 사라졌고, 길은 수많은 차들로 항상 지독한 정체를 이룬다. 그렇더라도 차를 포기하고 걷는 것을 선택할 여유가 있는 사람이라면, 여전히 남아 있는 흔적들을 만날 수 있을 것이다. 사라진 외성문 안쪽으로는 동서로 천단과 선농단이 있고, 정양문을 거쳐 천안문에 이르면 그 동서로 또 태묘와 사직단을 만날 수 있다. 그러나 지금은 사라진 대청문* 양옆으로 늘어서 있던 관청과 아문들은 그 흔적을 찾을 수 없다. 서쪽으로는 태액지를 끼고 동쪽으로는 동안문에 이르고 북쪽으로는 현재의 경산공원을 포함하는 황성은 각종 관청들과 궁중에 소요되는 물품의 온갖 창고들과 공방들이 자리를 잡고 있었다. 그 흔적은 사라졌으나, 또한 어디엔가 남아 있기도 하다. 골목의 이름으로, 혹은 그 후손들이 여전히 이어가고 있는 같은 자리의 생업으로 남아 있기도 하다.

　　북경의 어느 곳이나 마찬가지로, 중심 중의 중심이라 할 수 있는 이 길도 현대적인 것들과 오래된 것들이 구분 없이 뒤섞여 있다. 곳

---

* 명나라 때는 대명문, 민국 시기에는 중화문으로 불렸다. 1959년 천안문 광장 조성 당시 철거되었고, 그 자리에는 마오 주석 기념관이 건축되었다.

곳에서 만나는 공사현장은 좀더 새로운 것을 위해서이기도 하고, 그 새로운 것을 파괴하여 옛것을 복원하기 위해서이기도 하다. 말하자면 황성으로 가는 길은, 여전히 역사가 움직이고 있는 길이다. 영광과 고난을 모두 끌어안고, 길은 끝없이 움직여왔다.

연암은 그 길의 끝에서, 북경을 다시 아래와 같이 묘사했다.

성의 주위는 사십 리요. 왼쪽으로는 멀리 바다가 둘렀고 오른쪽으로는 태항산을 안고 북쪽으로는 거용산을 베고 남쪽으로는 하남 산동을 굽어본다. 성문의 정남문은 정양이요, 오른편이 숭문이요, (……) 외성의 문이 일곱 있고 자금성의 문이 세 개 있고 궁성은 주위 십칠 리인데 문이 네 개요, 맨 앞의 정전은 태화라고 하는데, 한 사람아 있으니 그 성은 애신각라(愛新覺羅)요, 그 종족은 여진 만주부요, 그 지위인즉 천자요, 그 칭호인즉 황제요, 그 직분인즉 하늘을 대신하여 나앉았고 자기가 불러서는 짐이요, 만국이 떠받들 때는 폐하요, 말을 내면 조서요, 호령을 하면 칙서요, 그 쓰개는 붉은 모자요, 그 입성은 마제수(馬蹄袖)*요, 그 대를 전해서 4대요, 그 연호를 건륭이라고 부른다.**

---

* 소매를 걷어붙인 크고 긴 잠옷같이 생긴 청인의 옷.
** 박지원, 앞의 책.

연암이 북경을 찾은 것은 건륭황제의 생일 축하사절로서였다. 조선에서뿐만 아니라 세계의 온갖 군데에서 연암과 같은 사절들이 도착하였을 그때, 돌로 이루어진 길, 그 위를 분주히 달리는 쇠바퀴수레들은 얼마나 많았을 것인가. 지금까지 남아 있는 그림들 속에는 수레와 말과 낙타의 등에 공물을 잔뜩 싣고 황성으로 들어서고 있는 변방국가들의 사신들이 자주 보인다. 공물은 헌납이기도 했지만 더 크게는 일종의 경제교역이었다. 공물이 들어올 때마다 시장은 활기를 띠었고, 북경은 세상에서 가장 큰 시장이 되었다. 그리고, 그곳에서 넘치는 것은 힘이었다. 그 힘을 향해 연암은 짐짓, 능청스러운 한마디를 덧붙인다.

이 글을 쓴 자는 누구던가, 조선의 박지원이오.

황제의 연호 아래에 바로 자신의 이름을 붙여놓음으로써, 타국의 황제는 황제고 나는 나요, 라고 말하는 기개를 보이는 것이다. 역사는 끝없이 움직이는 것이지만, 힘은 영원히 확장되는 것이 아니다. 두 차례의 침략과 삼전도의 굴욕 등으로 조선에 가혹한 모욕을 주었던 청나라는 건륭황제에 이르러 황금기를 이루고 있었지만, 그러나 높이 올라가는 것은 결국 내려가기 위해서이다. 역사는 바닥을 치면,

보화전 대석조

그 바닥으로부터 민중이 올라온다. 혁명은 그렇게 시작된다.

✿

1900년, 부청멸양(扶淸滅洋, 청나라를 일으켜세우고 양이洋夷를 멸한다)을 외치며 서양인들에 대한 어마어마한 살육으로 시작되었던 의화단의 난이 발생했을 때, 서태후와 광서제는 팔 개국 연합군의 북경 침공을 피해 시안으로 피란을 떠나야만 했다. 화려한 보석으로 장식된 태후복을 벗어던지고, 지위와 위엄을 나타내는 긴 손톱을 아낌없이 깎아버리고, 서태후는 한족 평민의 옷으로 급히 갈아입은 후 쏟아지는 포성 속에서 궁을 버리고 뒷문으로 도망을 쳤다. 그 바쁜 와중에도 서태후는 자신에게 반항하였던 광서제의 후궁 진비를 산 채로 우물에 던져 생매장시켰으니,* 그녀의 피란길은 치욕과

---

* 진비는 광서제가 가장 총애했던 후궁이다. 유신혁명에 실패한 광서제가 유폐되면서 그녀 역시 냉궁에 감금된다. 광서제는 깊은 밤 연금지에서 탈출하여 감금된 진비를 찾아가 눈물을 흘리곤 했다고 전해진다. 1900년 팔 개국 연합군이 북경을 침공했을 때, 피란을 결정한 서태후와 달리 광서제는 북경에 남아 전후 처리를 하기를 원했다. 피란 당일 진비가 서태후에게 광서제를 북경에 남아 있게 해달라고 주청한 것이 서태후의 노염을 사, 서태후는 내관들에게 진비를 우물에 던져 죽이라고 명령한다. 진비가 살해된 우물은 '진비정(珍妃井)'이라고 하여 자금성 동북쪽 영수궁(寧壽宮) 후원에 아직도 그 유적이 있다. 진비의 사체는 서태후가 시안에서 귀경을 할 때까지 일년 동안 우물 속에 들어 있었다고 전해진다.

분노로 오히려 서슬이 시퍼렜던 것으로 여겨진다. 그 대단한 여인 서태후가 일 년 후 북경으로 돌아올 때 북경에는 파괴의 흔적만이 고스란히 남아 있었다. 전투가 가장 치열했던 동교민항은 외국 대사관 지역으로 정양문 안쪽의 동쪽 길을 좇아 나 있는 거리인데, 의화단은 두 달 동안이나 그 거리를 포위하고 전투를 벌였다. 그러나 동교민항은 점령되지 않았고, 의화단은 그토록 염원하였음에도 양인들을 말끔히 도륙하지 못했다. 주문을 외워 총탄과 대포알을 막아내는 술법을 믿었고, 다시 살아나는 술법을 믿었으며, 아무것도 없는 빈손에서 진짜 창과 칼이 생겨나는 술법을 믿었던 의화단은 그 위대한 술법으로 서태후까지도 현혹시켰다. 그러나 정작 양인들의 총탄 앞에 이르자 의화단은 그 신통한 술법을 펼쳐 보이지도 못하고 속속 목숨을 잃었다. 불행히도, 총알을 맞아도 죽지 않는 의화단은 단 한 명도 없었다.

그러나 의화단의 술법은 사실 그와 같은 신통한 도술에 있었던 것이 아니라, 그동안 서구 열강들에게 당해왔던 능멸에 대한 민중들의 분노와 자존심에 있었을 것이다. 그들은 위대하게 싸웠고, 장렬하게 소멸되었다.

서태후가 믿었던 것이 술법인지, 아니면 백성들의 애국심과 자존심이었는지는 알 수 없다. 일본을 포함한 팔 개국을 향해 선전포고를 하였던 서태후는 결국 북경을 버리고 도망을 쳤다가 치욕적인 배상 조약을 맺은 후에야 다시 돌아올 수 있었다. 비록 먼 곳에서의 일 년이었지만, 서태후는 북경 소식을 낱낱이 듣고 있었을 것이다. 파괴된 북경으로 돌아오는 서태후의 심정은 어떠했을까. 치욕을 감당하기 위해 어금니를 깨물었을까. 아니면 눈물을 감추었을까. 그러나 막상 도착했을 때, 그녀의 어가를 맞은 정양문은 그녀가 떠나기 전 그대로, 파괴의 흔적 같은 것은 조금도 없이, 여전히 웅대하고 아름다웠다. 순간, 서태후가 느꼈을 감동이 눈에 보이는 듯하다. 어떻게 된 일이었을까.

서태후가 북경으로 돌아온다는 소식을 들었을 때, 북경에 남아 있던 대신들은 차마 태후를 무너지고 파괴된 성문으로는 맞아들일 수 없었다. 그들은 궁리를 짜낸 끝에 도성의 유명한 표구가들을 모두 불러 종이로 가짜 문을 만들어서는 파괴된 정양문을 감추었던 것이다. 정양문은 속칭 전문(前門), 그리고 국문(國門)이라고도 불린다. 종이 한 장으로 가려진 나라의 문, 그것은 바로 당시 청나라의 운명이기도 했다.

1616년 후금으로 출발하여, 1636년 대청으로 국호를 고치고, 1644년 마침내 북경을 점령함으로써 중국 최후의 통일왕조를 이룩한 청나라는 열한 명의 황제를 거쳐, 마지막 12대 황제 푸이가 퇴위를 하는 1912년에 약 삼백여 년의 역사를 끝낸다. 그것은 청나라의 끝일 뿐만 아니라 모든 왕조의 끝이기도 했다. 1911년 민중혁명인 신해혁명이 일어나 더이상 황제의 나라가 아닌 국민의 나라가 되었음을 선포할 때, 혁명에 찬동한 일반 민중들을 설득한 것은 혁명의 이념보다 먼저, 이민족 통치계급인 만주족에 대한 반발이었다. 혁명이 성공하자 거리에는 잘라 내던진 변발이 가득했다. 변발은 그야말로 만주족의 가장 뚜렷한 지배상징이었으니, 청나라 초기, 한족에 대한 유화정책 속에서도 변발만은 끝까지 선택의 여지 없는 복종의 상징으로 엄수되었다. 그리하여 당시에 민간에서는 '머리카락을 지키려거든 머리통을 잃어야 하고, 머리통을 지키려거든 머리카락을 버려야 한다'는 말이 돌기도 했는데, 실제로 머리를 깎지 않는 한족들은 참수에 처해졌고, 이로 인하여 거의 십만 명에 가까운 한족이 목숨을 잃었다. 1917년 변발장군 장쉰이 십이 일간 푸이를 다시 황제로 만들었을 때,[*] 일반 민중들을 가장 당혹시켰던 것도 이미 잘라 없애버린 변발이었다. 사람들은 가짜 변발을 사기 위해 가발가게로 달려가는 일대 소동을 벌였다.

---

[*] 1917년 6월 서주에서 군사를 일으킨 장쉰이 캉유웨이 등의 보황파와 힘을 합쳐 북경을 점령하고 청 황실의 복원을 선언한 사건이다. 청 황실에 대한 충성의 표시로 그는 변발을 유지했고 그의 수하 부대원들도 모두 변발을 유지했으므로, 그를 변발장군이라는 별호로 불렀다.

이민족의 지배에 대한 뿌리 깊은 분노가 이백 년이 훨씬 넘도록 억제되었던 것은, 다시 말하면 청나라 통치의 위대함을 말하는 것이라고도 할 수 있을 것이다. 종종 중국 역사상 가장 위대한 황제 중의 하나로 일컬어지는 사람은 청나라의 강희제이다. 그 시기에 이미 황제는 자신의 민족언어인 만주어만큼이나 한어에 능통하였고, 그의 글씨는 명필로 유명하였다. 청나라는 더이상 일개 만주족의 나라가 아니라 위대한 통일중국이었다. 그러나 역사는 소멸의 길을 걷는다. 소멸되면서 또다시 새로운 시대가 열린다. 비록 그 새로운 시대가 굴욕과 점령과 침탈로 얼룩진 참혹한 멸망의 길이라고 하더라도 소멸을 멈추고 과거로 되돌아갈 방법은 없다.

영국은 이미 도광제 시기인 1840년에 1차 아편전쟁을 일으켜 엄청난 배상금과 함께 홍콩을 거저로 떼어갔다. 본토에는 광저우, 샤먼, 푸저우, 닝보, 상하이 등 다섯 항을 개항하도록 했다. 그후 2차 아편전쟁을 거쳐 톈진조약과 북경조약이 연이어 굴욕적으로 조인되었는데, 그 내용은 톈진을 국제시장으로 개방하고, 중국의 노동력을 해외로 송출하며, 주룽반도를 영국에게 할양할 뿐만 아니라, 전비 배상금을 지불하는 것은 물론 아편무역을 합법화한다는 내용도 들어 있었다. 이때, 황제는 북경을 버리고 열하로 피란을 갔으며, 북경을 침공한 영불 연합군은 황제의 여름별장인 원명원의 금은보화를 모두 약탈한 후 그 증거를 감추기 위해 불태워 전소시켜버렸다. 1894년에 이르면, 청나라가 그토록 자랑하던 북양함대가 일본에 의해 전멸된다. 그리고 육 년 후, 의화단의 난을 계기로 팔 개국 연합군이 북경을 침공하고, 황제와 태후는 또다시 북경을 버린다. 이번에는 열하보다 더 먼, 시안이 피란지였다.

이러한 시대에 무엇을 되돌릴 수 있을 것인가. 어가의 바퀴가 천천히 굴러가듯, 소멸은 그 길을 계속하여 간다. 뒤쪽으로 남는 바퀴 소리처럼 영광의 시대가 저물어간다. 그때에 앞날을 알 수 있는 사람은 아무도 없다. 난국의 시대마다 종말론이 역병처럼 퍼지고, 보다 신통한 능력을 부여받은 신의 아들들이 등장한다. 환멸은 불가능한 희망을 퍼뜨리고, 불가능한 희망은 최후의 좌절과 참혹한 죽음을 남긴다.

마지막 황제 푸이는 바로 이러한 시대에 태어났다. 좋은 집안에서 태어나는 행운을 가진 아이였으나, 난세의 행운은 행운보다 더 독한 불운이 되었다. 세 살 푸이가 서태후에게 황제로 간택되어 당일 밤으로 입궁을 하라는 지시를 받았을 때, 단잠에 빠져 있던 이 미래의 황제는 울고불고 발버둥을 쳐가며 '입궁을 거부했다'. 유모가 달려와 젖을 물린 후에야 푸이는 울음을 그쳤다. 황제가 되기 직전의 달콤했던 잠, 그것이 어쩌면 푸이에게는 마지막 단잠이었을지도 모를 일이다.

대륙의 중심에는 황성이 있고, 황성의 중심에는 황궁이 있다. 황성의 남문인 전문을 통과하면, 일직선으로 뻗은 길의 끝에 황궁의 정문인 오문이 나타난다. 오문은 높이 십 미터의 궁벽을 거느리고 그보다 높은 십이 미터의 높이로 서 있다. 중심으로 향하는 길, 오문의 가운데문은 황제만이 드나들 수 있는 문이다. 황궁과 황제의 권위를 장식하기 위해 명나라 중기 효종 홍치제 시기에는 코끼리들이 오문 앞에서 의장대열을 이루기도 했었다. 미얀마 등의 남방국가에서 공물로 온 코끼리들은 훈련되어 문이 열리면 코를 높이 들어올려 입궁하는 사람들을 맞이했고, 다시 코를 내려 입궁이 끝났음을 알렸다. 제국의 번성이 가장 높은 경지에 이르렀다가, 마침내 비탈길을 내려서기 직전의 풍경이다.

오문의 가운데문을 통과해 황제의 길을 밟을 수 있는 사람은 황제 이외에도 결혼식날의 황후가 있다. 그리고 과거에 급제한 상위 성적자 세 명이 그 길을 걷는 영광을 누린다. 세상의 모든 권력을 누린 서태후조차도 후궁으로 간택되어 들어온 까닭에 그 길을 밟아본 적이 없었다. 다행인지 불행인지, 서태후는 허깨비 같은 황제들의 배후에서 실질적인 권력을 누리기를 원했을 뿐 스스로 황제의 자리에 오르

태화전에서 바라본 오문

려고 하지는 않았다. 당나라 시대에 측천무후는 태자 자리에 오르거나 보위에 오른 자신의 친아들들을 연달아 제거하고, 마침내 스스로 황제의 자리에 올랐었다.

중국의 사극에는 종종 "오문으로 끌고 나가 목을 베라!"는 황제의 불호령이 등장한다. 오문 밖은 실제로 황제의 명에 의해 벌을 받은 대신들이 곤장을 맞는 곳이었다. 앞서 이야기하였던, 명나라 정덕제가 백사십육 명의 신하들을 닷새 동안 무릎 꿇려놓았다가, 그러고도 분이 안 풀려 곤장을 친 끝에 열한 명의 목숨을 앗아간 곳이 바로 이곳이다. 그러나 목을 자르는 법은 없었다. 목을 자르거나 육시를 하거나, 살아 있는 채로 살을 저며내어 최대한의 고통 속에서 서서히 죽이는 능지처참 같은 극한 처벌의 형장은 성 밖, 선무문 밖의 채시구(茶市口)에 있었다.

오문을 건설한 황제는 자금성의 첫번째 주인인 영락제이다. 영락제는 명나라 번영의 기초를 마련한 황제이기는 했지만, 근본적으로 조카의 황위를 찬탈한 패륜 황제라는 오명에서 자유로울 수가 없다. 태조 주원장의 넷째 아들인 영락제는 태손으로 봉해졌다가 2대 황제의 자리에 오른 조카 건문제의 제위를 군사력으로 찬탈했다. 당시 명나라의 수도였던 남경의 황궁은 불에 탔고, 건문제는 화재의 와중에 종적 없이 사라졌다. 영락제는 죽는 날까지, 건문제의 행방을 좇는 일을 멈추지 않았다.

북경에 자금성을 건설하고 천도를 한 후, 영락제는 궁의 정문인 오문을 밤마다 휘황한 불빛으로 밝혀놓게 했다. 내면의 두려움을 감추는 방법은 외부의 시선으로부터 몸을 숨기거나 참회를 하는 것이 아니다. 두려움이 깊을수록 겉으로 드러나는 것은 많아진다. 관용이거나 허세거나, 애정이거나 폭력이거나 그 상반된 표출은 결국 불안이다.

건문제의 황위를 찬탈한 뒤, 영락제는 건문제를 섬겼던 학자와 대신들을 회유하기 위해 공을 기울였다. 그러나 역사에는 어느 시대에나 어김없이, 시대의 정신이 될 만한 사람이 등장하기 마련이다. 방효유는 건문제 시대에 이름을 날리던 학자며 충신이었다. 영락제가 그를 불러 자신의 등극조서를 써줄 것을 청하자, 방효유는 영락제가 내민 종이 위에 '연적찬위(燕賊簒位)'라는 글을 써 청에 응했다. 영락제가 연경 지역을 다스리던 친왕이었던바, 글은 연경의 도적이 제위를 찬탈하였다는 뜻이 되겠다. 진노한 영락제가 너의 구족을 멸하여도 이와 같이 하겠느냐 물었을 때 방효유는 한술 더 떠, 십족을 멸한다 하여도 마찬가지라 대답했다. 이 말은 한낱 말대꾸로 끝나지 않았다. 영락제는 방효유의 말에 응해 역사에도 없는 '십족 살해'를 감행했던 것이다. 영락제는 방효유의 부계와 모계, 처가 등으로 연결된 모든 척족, 말하자면 구족을 죽였을 뿐만 아니라, 친구들과 문하생들까지 죽여 십족을 채웠다. 그렇게 해서 죽음을 당한 자가 팔백여 명에 이르렀다. 방효유도 물론 죽었다. 입을 귀까지 찢어 감옥에 가둔 후, 그의 십족들을 일일이 대면시켰으나, 방효유는 그가 사랑했던 사람들이 하나씩 둘씩 처참하게, 잔혹하게 죽어나가는 것을 보면서도 굴복하지 않았다. 그리고 그 자신은 마침내 사지가 찢겨 죽었다.

무엇이 그를 그토록 강하게 만들었던 것일까. 강한 것도 잔혹에 이를 수 있는 것일까. 질문은 다시 이어진다. 무엇이 영락제를 그토록 과도한 집착에 매달리게 했던 것일까……

영락제의 말년에는 또 삼천 궁녀 살해사건이 등장한다. 삼천은 은유적인 숫자가 아니라, 실제로 살해된 궁중 여인들의 숫자를 말한다. 그런데 그 피비린내 나는 사건의 중심에는 뜻밖에도 조선 여인이 있다. 영락제 6년, 조선을 찾은 명나라의 사신은 조선의 아름다운 여인들을 간택하여 영락제에게 바칠 것을 요구한다. 그때 중국으로 건너간 여인들이 모두 다섯 명이었는데, 이 여인들은 조선의 의정부에서 직접 '진헌색'이라는 기관을 만들어 전국적으로 간택한, 조선에서 가장 아름다운, 귀족의 딸들이었다. 영락제는 이 아름다운 여인들에게 당장에 매혹되었던 것으로 보인다.

영락제는 그 여인들에게 전부 비빈의 직위를 내렸고, 그중에서도 공조판서 권집중의 딸이었던 권씨를 현인비로 봉한 후, 극진히 사랑했다. 그러나 권비가 의문의 급사를 한 후 그 사인이 또 한 명의 조선 여인인 여비의 독살이라는 주장이 제기되자, 살육이 시작되었다. 여비는 참살당하고, 권씨와 함께, 혹은 그후로 영락제에게 바쳐졌던 조선 여인들 중 임씨와 정씨는 스스로 목숨을 끊어 죽었으며, 황씨와 이씨는 국문 끝에 참수당하여 죽었다. 한씨는 갇혀 굶어 죽을 위기에 처했으나 간신히 아사의 위기를 넘겼고, 당시 남경에 머물던 최씨는 요행히 죽음을 모면했다. 그러나 이 두 여인조차도 훗날 영락제의 사망시 순장되었다.

죽은 것은 이 여인들뿐만 아니라 이 여인들의 조선에 머물고 있는 부모들까지였다. 또다시 훗날, 권비가 독살되었다는 주장이 무고에 의한 것이었다는 것이 밝혀지자, 이번에는 사건에 관련된 중국인 비빈과 궁녀들까지 살해되어 권비의 죽음으로부터 비롯된 궁중 여인들의 죽어나간 숫자가 마침내 삼천여 명에 이르렀다.

영락제는 조카의 황위를 찬탈했다는 오명에도 불구하고, 변방을 정복하고 통합하여 국방을 안정시켰으며, 내시 정화를 아프리카까지 원정시키는 등 세계로 시선을 넓혔고, 이만여 권에 이르는 『영락대전』과 『사서대전』 등을 편찬하는 역사적인 업적을 남긴 황제이다. 그런데 무엇이 이 위대한 황제를 그토록 잔혹하게 만들었을까. 그에게 황제의 자리는 어느 하루, 자연스럽게 굴러떨어져온 것이 아니었다. 운 좋은 몇몇 황제를 빼놓고 역사상의 거의 모든 황제들이 보좌에 오르기까지는 음모와 암투와 형제 살육과 같은 피를 말리는 세월을 보내야 했다. 영락제 역시, 황제가 되거나 자신이 죽거나 둘 중의 하나였다. 그는 마침내 승리자가 되었으나 승리의 열매가 처음부터 끝까지 달콤한 것은 아니었을 터이다. 오문에 휘황한 불빛을 밝혀놓은 밤마다 그는 그가 죽인 사람들, 혹은 죽여야 했으나 죽이지 못한 자들의 혼령들에 휩싸여 흔히 악몽을 꾸었을 것이다. 그럴수록 그는 더 많은 것을 정복해야 했고, 더 멀리 나아가야 했으며, 더 많이 죽이지 않으면 안 되었다. 이것은 너무나 인간적인 욕망인가, 아니면 너무나 비인간적인 정치의 속성인가. 역사의 질문은 근본적으로 오늘날까지도 이어지고 있다.

조선 여인을 그토록 사랑하고, 그토록 많이 살육하였던 영락제는 명나라 태조 주원장의 후궁이었던 고려 여인 공비의 소생이다. 황위의 정통성을 공고하게 하기 위하여 그는 생모를 부정하고, 자신이 주원장의 정궁이었던 마황후의 소생이라고 주장하였으나, 후대의 역사학자들은 그가 고려 여인의 피를 물려받은 것으로 여기고 있다.

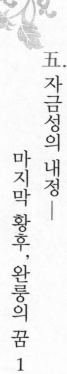

五. 자금성의 내정―
마지막 황후, 완룽의 꿈 1

불행히도. 그 천진하고 쾌활했던 소녀가 마지막으로 갖고 싶었던 것은 사랑이었던 듯하다. 황후라는 매력적인 지위에 매혹당하지 않은 바는 아니었으나. 그 때문에 사랑을 유보해야 할 이유는 전혀 없었다. 황제의 아내가 되어. 황제와 사랑하는 일…… 그것은 그녀가 일생 동안 꾸었던 꿈 중. 가장 아름다운 꿈이었을 것이다.

자금성의 내정은 건청궁으로부터 시작한다. 건청궁은 청나라 강희제 시기까지는 황제의 침궁이었으며 일상적인 집무공간으로 활용되기도 했다. 외조의 태화전이 겉으로 드러나는 권력을 상징하는 것과 달리, 건청궁은 그 권력을 받치는 무게중심과 숨결로 존재한다.

물론 추문도 존재한다. 명나라 가정제가 단잠에 빠졌다가 궁녀들에게 맞아 죽을 뻔한 곳도 이곳이고, 고작 한 달 동안 제위에 있다가 '신비의 영약'을 먹고 태창제가 숨을 거두는 곳도 바로 이곳이다.[*] 강희제의 서른다섯 명의 아들 중 넷째 아들로 태어나 치열한 황위 다

---

[*] 태창제는 병이 깊어지자 어의들의 반대에도 불구하고 도사가 지은 단약을 복용했다. 복용 후 잠시 차도가 보이는 듯했으나 그 이튿날 결국 세상을 떴다.

틈을 뚫고 황제에 오른 옹정제는 강희제의 유서를 조작하여 황위를
찬탈했다는 의혹을 평생 안고 살았다. 후대의 많은 역사학자들이 그
와 같은 의혹은 민간에 떠도는 유언에 불과하였음을 증명했지만, 그
것은 후대의 일일 뿐이다.* 강희제가 최후의 승자로 옹정제를 택한
것은 옹정제가 최후까지도 제위에는 관심이 없는 듯한 모습을 보였
기 때문이었다. 강희제는 물론 보여지는 것처럼 옹정제에게 야심이
없으리라고는 믿지 않았다. 강희제가 믿은 것은 제국에 대한 야심까
지도 '숨길 수 있을 만큼' 강한 옹정제였다. 그러나 그토록 강한 옹
정제는 막상 제위에 오른 후에는 자신의 자리가 평생 동안 불안했다.
그리하여 그 자리를 굳세게 지키느라 선황인 강희제와는 달리 북경
밖으로 원정을 떠나거나, 여행을 즐기지도 못했다. 그는 비밀경찰들
을 광범위하게 풀어 대신들의 사생활까지도 세밀히 감시했다. 존재
에 대한 의혹, 그것은 옹정제에게 평생의 짐이었을 것이다. 그는 자
신과 같은 일이 생기지 않도록 향후로는 황제가 생존하는 동안은 황
위 계승자를 발표하지 않도록 제도를 바꾸었다. 그리고 혹시 황제가
급서하는 경우를 대비하여 위대한 황제 강희제의 침궁이었던 건청궁

---

* 강희제의 유서는 원래 "열네번째 아들에게 제위를 물려준다"고 되어 있었으나 옹정제가 열네번
째 아들을 뜻하는 '十四子'의 '十' 자를 자격을 뜻하는 '于' 자로 고쳐 "네번째 아들에게 제위를
물려준다"는 뜻이 되게 했다는 것이다.

의 편액 '정대광명(正大光明)' 뒤에 심중에 정해놓은 황위 계승자의 이름을 써서 감춰놓도록 했다.

푸이의 침궁은 건청궁이 아니라 건청궁의 서쪽에 있는 양심전이었다. 그는 부모 형제와 격리되어 이곳에서 키워졌고, 이곳에서 꿈을 키웠으며, 이곳에서 성인이 되어 혼례의 날을 맞았다.

그의 신부는 완룽(婉容), 마지막 황제의 운명적 여인이 될 마지막 황후였다.

1906년 출생, 몽골족의 일파인 달알이족(達斡爾族)*, 훗날 내무부 대신이 되는 룽위안(榮源)의 딸, 아름답고 단정한 용모, 속되지 않고 단아한 기품, 악기를 다루고 장기의 법도를 알고 서화와 그림에 능통한 열일곱 살 소녀. 이것이 마지막 황후 완룽이 푸이와 결혼할 당시에 소개된 그녀의 이력서이다. 모든 이력서에는 과장이 있는 법, 그러나 실제로 완룽을 겪은 모든 이들은 그녀의 출중한 미모와 비단결 같은 피부와 쾌활한 성격, 그리고 신여성적인 풍모를 증언한다. 그녀를 수행했던 환관 쑨야오팅(孫耀庭)은 훗날 그의 전기『마지막 환관의 비밀末代太監秘聞』중에서 완룽이 목욕을 한 후의 나신이 어찌나 아름다운지, 그 말을 전해들은 환관들이 황후가 옷을 입었을 때

---

* 주로 내몽골에 분포되어 있는 소수민족. 나중에 만주 팔기 중 정백기에 포함되었다.

가 더 아름다운지 옷을 벗었을 때가 더 아름다운지 묻곤 했다는 말을 전하고 있다.

사진으로 남아 있는 황후의 얼굴을 곰곰 들여다보면, 요염한 미모보다는 쾌활하고 적극적인 성격이 드러나는 듯하다. 신식교육을 받은 황후는 영어를 배워 '엘리자베스'라는 영어 이름을 가졌고, 황제와 대화를 나눌 때는 흔히 서로를 'you'라고 호칭하였다. 황제는 결혼하기 전 아직 얼굴조차 보지 못한 황후에게 전화를 걸어, 놀라고 당황한 미래의 황후에게 앞으로 친구처럼 지냈으면 좋겠다고 말을 건넸다.

"당신이 개화된 여성이란 말을 들었어요. 그러니 다른 사람들처럼 나를 대하지 않았으면 좋겠어요. 주위 사람들이나 대신들이 내게 과하게 예의를 갖추는 것만으로도 나는 충분히 지쳤어요. 물론 그런 것은 궁중의 법도이니 어쩔 수 없지만, 당신만은 내게 그러지 않았으면 좋겠어요. 당신이 친구처럼 날 대해줬으면 해요. 정말이에요. 나는 친구라고는 없는, 외로운 사람입니다."[*]

* 錢立言, 『國舅. 駙馬. 學者』.

아편을 하는 완룽

이제 곧 황후가 될 완룽은 그 느닷없는, 그러나 따듯함으로 가득 찬 황제의 전화를 받고 눈물을 쏟았다. 미래에 대한 불안감이 그 한 통화의 전화로 모두 씻어졌다. 그녀는 전화를 끊자마자 어머니의 품으로 달려들어가, "황제는 좋은 사람 같아요"라고 말하며 흐느꼈다.

그러나 황후의 앞날은 결코 밝지 않았다. 열일곱 살 황후가 결혼식을 올린 것은 12월 1일. 청나라 궁중의 법도대로 대혼(大婚)*은 새벽에 치러졌다. 황후를 태울 혼례용 가마 봉여(鳳輿)는 자정에 궁을 떠나 황후의 친가에 도착했고, 황후는 새벽 두시에 가마에 올라 궁으로 향했다. 푸이는 그때 이미 퇴위를 한 지 오래된 명목뿐인 황제였으나, 그렇더라도 대혼은 황가의 절차대로 조금의 손색도 없이 치러졌다. 금색 지붕을 인 봉여는 서른두 명의 가마꾼이 메었고, 그 앞과 뒤로 경찰청 기마부대, 보안대 기마부대, 보병대, 호위대, 군악대 등이 가마를 쫓았고, 일흔두 대의 어가와 또 수없이 많은 가마와 차량들이 그 행렬을 쫓았다. 차가운 겨울밤, 의례행렬은 꼬리에 꼬리를 물었고, 물론 그보다 더 많은 인파가 인산인해를 이루었다.

황후의 봉여는 궁의 동쪽 문인 동화문을 거쳐 건청궁 앞에 이르렀다. 건청궁 문 앞에는 불길이 활활 솟는 청동화로가 설치되어 있었는

---

*황제의 결혼을 '대혼'이라 한다.

데 이는 앞날의 융성과 복을 기원하는 의미의 혼례절차로, 가마는 그 화로를 반드시 지나게 되어 있었다. 엄동설한의 새벽 네시, 황후는 가마 안에서 활활 타는 불길 소리를 듣고, 그 화기를 느끼며 무슨 생각을 했을까. 황제와 동갑인 나이, 그래 봤자 겨우 열일곱 살, 황후가 되고 십억이 넘는 식구의 어머니가 될 어마어마한 앞날보다는, 바로 그 날 밤 한 남자의 여자가 되어야 한다는 사실이 더욱 두렵지 않았을까.

건청궁 뒤 교태전을 지나면 곤녕궁(坤寧宮)이 나온다. 곤녕궁 안에는 대혼의 마지막 절차가 이루어지는 곳, 말하자면 황제와 황후가 첫날밤을 치르는 침실이 준비되어 있었다. 푸이 이전에 그의 선황인 광서제와 동치제 역시 이곳에서 대혼의 마지막 절차를 마친 바 있었다. 대혼의 곤녕궁은 특별하다. 합방용 침실로 꾸며진 곤녕궁 내 동난각(東暖閣)은 방 면적의 사분의 일을 차지하는 온돌침상 이외에 다른 것이 전혀 보이지 않는다. 바닥을 제외한 모든 것이 붉은색이다. 요도, 이불도, 휘장도, 옷도, 꽃도, 그리고 심지어는 얼굴까지도……일설에 의하면, 이와 같은 단순한 장식과 사람을 혼미하게 만들 정도로 활활 타오르는 붉은색의 치장은 황제와 황후가 첫날밤의 '임무' 이외에 다른 어떤 것에도 눈을 팔지 않게 하기 위해서라는 것인데, 불행히도 푸이에게는 첫날밤의 '임무'에 대한 열정이 없었다.

곤녕전의 동난각

신부는 침상에 앉아 고개를 숙이고 있었다. 나는 잠시 동안 한쪽에 서 있었는데, 모든 것이 붉은색으로, (……) 마치 붉은 촛불이 녹아내린 듯 했다. 편안한 기분이 전혀 들지 않았다. 앉아 있기도 그렇고 서 있기도 그 렇고. 이러느니 차라리 양심전 내 방으로 돌아가는 게 낫겠다 싶어, 나는 곧 문을 열고 곤녕궁을 떠났다.[*]

곤녕궁은 명나라 때에는 황후의 침궁으로 쓰였으나, 청나라 때부 터는 궁중의 전용 제례장소로 쓰였고, 청말에는 무녀들이 그곳에서 제례를 올렸다. 궁 안에는 아궁이를 두어 제례용 돼지를 직접 삶았 다. 명나라 영락제 18년(1420년)에 최초로 건설된 후 곤녕궁은 세 번 이나 화마에 휩싸여 거듭 재건을 하지 않으면 안 되었다. 명나라가 멸망할 당시, 명나라 마지막 황제 숭정제는 경산에 올라가 목을 매달 아 자살을 하기 전, 그의 황후와 공주들에게도 순국을 명령하거나, 직접 칼을 휘둘렀다. 그의 아내인 주황후는 숭정제의 명령을 받고 치 마끈으로 목을 매어 스스로 숨을 거뒀다. 청나라의 마지막 황후인 완 룽이 첫날밤을 치러야 했으나 치르지 못했던 바로 그곳, 곤녕궁에 서……

---

[*] 푸이, 『내 인생의 전반부』.

푸이의 결혼생활에 대해서는 끝없는 의혹과 괴이한 소문들이 난무한다. 푸이와 완룽이 정상적인 부부관계를 하지 않았다는 증언들은, 푸이가 완룽의 거처에 와서 오랜 시간을, 그러니까 '뭘 할 만한 시간' 동안이라도 머문 적이 전혀 없다는 사실을 근거로 하고 있다. 푸이는 자서전에서 자신의 성생활에 대해서까지 밝히지는 않았고, 당연히, 굳이 그래야 할 이유를 느끼지도 않았을 것이다. 그러나 주변의 입은 훨씬 더, 가혹하다. 근거가 있든 없든, 소문은 살을 붙여가며 훨씬 더 흥미진진해지고, 훨씬 더 야비해진다. 완룽의 환관이었으며, 만주국 시절에는 푸이의 시중을 들기도 했던 환관 쑨야오팅은 그의 저서에서 푸이가 어린 시절에 이미 성기능을 상실하였으며, 그후로는 동성애에 집착하게 되었다고, '어떤 믿을 만한 사람에게서 직접 들은 얘기라면서 내게 전해준 얘긴데'라고 하는 말을 전하고 있다. 푸이가 성기능을 상실한 것은, 주변의 환관들이 어린 시절의 푸이에게 난잡한 성행위를 시켰기 때문이라는 분석도 하고 있다. '그가 들은 바에 의하면' 푸이의 환관들은 푸이가 한밤중에도 늦게까지 잠을 자지 않고 자기들을 성가시게 할까봐, 일찌감치 푸이의 침실에 나이 든 궁녀들을 집어넣어 밤새 푸이와 환락을 즐기게 했는데, 때로는 한 명의 궁녀가 아니라 두 명 세 명이 한꺼번에 푸이의 침상에 든 적도 있다고 했다. 매일 밤 이어지는 그와 같은 환락에 푸이는 '피로'를 견딜 수 없었고, 병이 났으며, 마침내는 심리적으로도 남녀 간의 육체관계를 혐오하게 되었다는 것이다.

푸이가 결벽증을 갖고 있었던 것은 사실이다. 그는 세균에 감염될까봐 늘 두려워해 조금이라도 더러운 것을 참지 못했다. 만주국 황제 시절에 일본 가미카제들을 환송할 당시, 일본 군인들의 손을 잡고 얼굴에 입을 맞춰준 후 자기 방으로 돌아와서는 얼른 손을 씻고 입을 헹구었다는 일화가 있을 정도다. 그즈음 그는 불교에 심취하여 육식을 금하였고, 파리와 빈대조차 잡아 죽이지 않았다. 그는 의례적으로라도 접대부들이 그의 주변에 머무는 것을 혐오하여, 그가 있는 곳에는 어디에서든 기생이나 낮은 신분의 여인들이 얼굴을 드러낼 수 없었다. 그의 시종들에게는 거리의 창녀촌에 출입하지 말 것을 엄금하고 감시하기도 했다. 소년 시절의 난잡한 육체관계의 결과인지 아니면 생래적인 이유인지 푸이에게는 자식을 낳을 능력이 없었던 듯하고, 실제로 그에게는 죽는 날까지도 자식이 없었다.*

푸이는 일생 동안 다섯 번의 결혼을 했다. 황후인 완룽과 숙비인 원슈(文綉)와는 청나라 황제로서, 귀인인 탄위링(譚玉齡), 리위친

---

* 2006년에 창춘에 사는 육십칠 세의 노인이 자신을 푸이와 완룽의 친아들이라고 주장하는 해프닝을 벌였다. 그의 주장에 의하면 그는 세 살 때에 황태자로 봉해졌으나, 신변의 안전을 위해 다른 사람의 아들로 위장하여 살아올 수밖에 없었다는 것이다.

(李玉琴)과는 만주국 황제 시절에, 마지막 부인인 리수셴(李淑賢)과
는 수용소에서 풀려나온 후 보통 사람의 신분으로 결혼을 했다. 그의
말년을 지켜준 보통 여자 리수셴과의 결혼을 제외한 황제 시절의 결
혼생활은 그의 정치 일생만큼이나 불행하다. 숙비인 원슈는 그에게
이혼소송을 걸어 푸이를 역대 사상 최초로 이혼을 당한 황제로 만들
었다. 리위친 역시 전범수용소에 있는 푸이를 면회 와 이혼을 요구해
결국 법적으로 이혼절차를 밟았다. 탄위링은 가벼운 병에 주사를 맞
고는 급사를 하는데, 일본 측에 의한 살해였을 것이라는 의혹이 있
다. 푸이를 독신으로 만든 후 다시 일본 여자와 결혼시킴으로써 혈통
을 혼합시키려는 포석이었을 것이라는 주장인데, 단순히 의혹이라
고만 볼 수 없는 것이 일본은 실제로 푸이를 통한 그러한 시도가 실
패로 돌아가자 푸이의 동생인 푸제(溥杰)를 일본 여자와 결혼시켰던
것이다. 그후 황위 계승법을 만들어, 푸이에게 자손이 없을 경우 동
생의 아들을 황위 계승자로 삼는다고 공포하였다. 푸이에게 자식을
낳을 능력이 없다는 것을 물론 일본은 알고 있었다.

푸이가 서른두 살일 때 결혼을 한 탄위링은 열일곱 살의 소녀였다.
푸이는 그 어린 신부를 특별히 사랑했고, 그만큼 그녀의 죽음은 그에
게 고통이 아닐 수 없었다. 탄위링이 죽은 후에도 그는 그녀가 생전에
머물렀던 방에 손을 대지 못하게 했고, 비통에 차서 몇 달을 보냈다.

훗날 보통 시민이 된 푸이의 지갑 속에는 죽는 날까지도 여전히 탄위링의 사진이 간직되어 있었고, 그 사진의 뒷면에는 '나의 가장 사랑스러운 여인, 탄위링'이라는 그의 친필이 적혀 있었다. 스물세 살에 죽은 여인은 단아하고 아름다운 얼굴로 여전히 사진 속에 남아 있다.

그러나 사진으로조차 간직되지 못한 완룽, 그녀의 일생은 제명을 다 살지 못하고 떠난 탄위링의 죽음보다도 훨씬 더 불행하고 가혹하다. 황후 완룽의 일생은 파탄과 배반과 죽음, 그 모든 것보다 더한, 남김 없는 상실이었다.

완룽의 침궁은 저수궁, 서태후가 갓 입궁을 했을 때, 그리고 말년에 머물렀던 침궁이다. 서태후는 자금성을 좋아하지 않아 일 년의 절반도 자금성에 머물지 않았다. 그렇더라도 저수궁은 위대한 권력의 상징이었다. 서태후는 당나라 측천무후 이후, 중국 역사상 최고의 권력을 누린 여인이고, 푸이를 황제로 만든 장본인이다.

혹시 완룽에게도 서태후와 같은 야심이 있었을까? 서태후는 열여덟 살에 신분이 아주 낮은 후궁으로 입궁했으나 함풍제의 유일한 아들을 낳으면서 권력을 잡기 시작했다. 그러나 왕조의 시대라 하더라도, 아들을 낳을 수 있는 능력만으로 여인이 위대해질 수 있는 것은 아니다. 권력은 그것을 추구하는 맹렬한 열정과 그 열정을 위해 목숨을 건 헌신으로써만 획득될 수 있다. 완룽에게도 그런 것이 있었을까? 서태후는 빈한한 집안의 출신으로 입궁 전에는 끼니를 걱정해야 할 정도였다는 말이 있다. 그렇다면 끼니를 구하러 다녀야 했던 유년 시절에, 서태후는 이미 생존에 도사린 모욕과 능멸을 알았을 것이다. 그녀는 한번 거머쥔 것은 절대로 놓지 않았다.*

　완룽도 그럴 수 있었을까?

　완룽은 알아주는 재력가에, 알아주는 고관대작 가문의 귀족 아가씨였다. 황후가 되기 전에 이미 그녀에겐 불가능한 것이 없었다. 갖고 싶은 모든 것을 가졌고, 할 수 있는 모든 것을 했다. 그러했던 소녀 시절에 그녀에게 마지막 남은 것이 황후라는 권력과 명예였을까. 불행히도, 그 천진하고 쾌활했던 소녀가 마지막으로 갖고 싶었던 것은 '사랑'이었던 듯하다. 황후라는 매력적인 지위에 매혹당하지 않은 바는 아니었으나, 그 때문에 사랑을 유보해야 할 이유는 전혀 없었

---

* 서태후의 유년기에 대해서는 여러 가지 설이 존재한다. 서태후가 아비를 일찍 잃고 빈한한 유년기를 보냈다는 설은, 서태후의 아비가 갖고 있던 관직으로 미루어볼 때 가능한 얘기가 아니라는 주장에 밀리고 있다. 그런가 하면 서태후는 사실 한족 출신으로, 만주족인 아비에게 입양된 딸이라는 설도 여러 가지 증거자료와 함께 제기되고 있다.

다. 황제의 아내가 되어, 황제와 사랑하는 일······ 그것은 그녀가 일생 동안 꾸었던 꿈 중, 가장 아름다운 꿈이었을 것이다.

완룽이 대혼을 올리기 하루 전날, 황제는 후궁을 미리 얻었다. 황제의 대혼을 둘러싼 태후들의 암투로 인해 푸이는 두 여자와 한꺼번에 결혼하지 않을 수 없었으나, 두 여자를 동시에 황후로 만들 수는 없었다. 완룽이 봉여를 타고 당당히 입궁한 것에 반해 원슈는 아주 조용히 뒷문으로 입궁해, 황제에게 무릎을 꿇어 그의 아내가 되었음을 알렸다. 원슈는 완룽에 비해 가문도 나빴고, 미모도 떨어졌고, 신여성적인 풍모와는 아주 거리가 멀었으며, 푸이보다 세 살이나 어려 아직 아이 티도 다 벗지 못한 상태였다. 말하자면 원슈는 후궁이라는 직위가 아니더라도, 완룽과는 상대가 안 되었다.

그렇더라도 완룽은 또하나의 여자라는 존재가 괴로웠을까?

일설에 의하면, 완룽은 결혼식 전날 아직 얼굴도 보지 못한 남편과 냉담한 전화통화를 했는데, 그 이유가 바로 원슈 때문이었다는 것이다. 궁중의 법도에 의하면 원슈는 완룽의 대혼날, 그녀에게 무릎을 꿇어 예의를 갖추어야 했다. 그러나 푸이는 원슈에게 그와 같은 비참한 의례를 면하게 해주었다. 신사상에 경도되는 중이었던 푸이에게 그러한 의례는 야만적인 것으로 여겨졌다. 신사상을 접한 것은 푸이만이 아니었다. 완룽은 의례 문제보다 더욱 본질적인 것, 말하자면 자기 말고도 황제에게 또하나의 여인이 있다는 사실을 받아들일 수가 없었던 것이다.

사랑과 집착과 안타까움은 고독을 낳는다. 결혼하기 전 푸이가 전화를 걸어, "나는 친구라고는 없는, 외로운 사람입니다"라고 말을 한 것은 황후가 된 완룽에게도 해당될 일이었다. 그녀는 침궁인 저수궁에서 잠을 깨면 오전 나절 내내 몇 명이나 되는 태후들에게 문안인사를 다니는 일로 시간을 보내야 했으나, 그 지루하고 재미없는 일을 마치고 나면 그나마 지루하고 재미없는 일조차 더는 할 것이 없었다. 그녀는 황제와 다른 궁에서 홀로 잠에 들었고, 홀로 깨어났으며, 홀로 밥을 먹었다. 그녀는 내시들에게 장난을 걸고, 그네를 타고, 책을 읽고, 가정교사가 오면 공부를 했지만, 많은 시간은 멍한 표정으로 있었다. 황제는 간혹 그녀를 식사에 초대하고, 또 전화를 걸어 안부를 건네고, 때로는 직접 자전거를 가르쳐주기도 했지만, 그런 시간은 순식간에 지나가버리곤 했다.

푸이가 완룽을 좋아하지 않았던 것은 아니다. 그러나 황제로 키워진 이 남자에겐 무언가 부족한 것이 있었다. 사랑을 한다는 것, 그 사소하고 유치한, 그러나 따뜻한 설렘인 것…… 이 남자에겐 그런 것이 없었다. 그는 세 살 때에 잠자다 말고 깨어나 울고불고 악을 쓰며 입궁을 한 후, 오직 황제로서만 키워졌다. 그가 섭정왕인 친부를 만난 것은 입궁 후 이 년이 지나서의 일이다. 섭정왕인 친부가 황제인 아들을 아들로서 대할 수 없었던 것은 당연한 일이다. 아버지가 그의 곁에 머문 시간은 고작 몇 분에 지나지 않았다. 친조모와 친어머니를 만난 것은 그로부터도 다시 육 년이나 지나, 입궁 후 팔 년 만의 일이었다. 그를 눈에 넣어도 아프지 않을 만큼 사랑했던 조모는 그를 보자마자 감격의 눈물을 흘렸지만, 그는 조모를 기억하지 못했고 친모에 대해서도 역시 마찬가지였다.

세 살에 입궁하여, 나는 열한 살이 되어서야 조모와 모친을 만날 수 있었다. 그들은 내게 생소한 사람들일 뿐이었다. 친근한 감정 같은 것은 조금도 느껴지지 않았다. 조모는 나로부터 눈길을 떼지 못했는데, 눈에는 시종일관 눈물이 그렁그렁했다. 모친이 내게 준 인상은 조모와는 완전히 달랐다. 나는 모친이 생소할 뿐만 아니라 좀 무섭기까지 했다. 모친은 엄숙한 얼굴로 "황제께서는 조종의 법도와 가르침을 잘 배우셔야 합니다" 따위의 훈화만을 늘어놓을 뿐이었다.*

* 푸이, 앞의 책. 푸이의 모친은 서태후 시절에 막강한 권력을 누렸고 서태후의 연인으로도 알려졌던 영록의 딸이다. 그녀는 푸이의 복위를 위해 갖은 노력을 기울였는데, 푸이의 복위를 위해 풀었던 재물이 사기를 당한 것으로 밝혀지자 그 일에 동참을 했던 태후의 질타를 받고, 분노에 못 이겨 자살을 한다. 아편을 삼키고 숨이 끊어지기 직전 그녀는 푸이의 동생에게 "너의 아버지와 같은 사람은 되지 마라"고 했다. 푸이의 부친 짜이펑(載灃)은 섭정왕이었음에도 정치와는 거리가 먼 인물이었다.

사진기를 들고 있는 푸이와 완롱

푸이에겐 근본적으로 가정이란 것이 없었고, 그것이 뜻하는 바가 무엇인지도 알지 못했다. 그는 늙은 태후들과 고루한 대신들과 교활한 내시들 사이에서 제국의 재건에 대한 일념만을 교육받으며 컸다.

서로 다른 꿈을 꾸고 있는 소년과 소녀, 그러나 적어도 자금성에서 아직 그들은 파탄에 이르지는 않았다. 푸이는 불안을 느낄 때면 완룽을 불러 밤새 자신을 지켜달라고 했고, 완룽은 한숨도 자지 않으면서 그의 잠자리를 며칠씩이나 지켜주곤 했다. 완룽은 생리 때가 되면 황제에게 달려가 "오늘 시작했어요!"라고 알렸고, 생리가 끝나면 또 달려가 "오늘 끝났어요!"라고 알렸다. 아직도 남아 있는 사진들 중에는 푸이와 완룽이 사진기를 들고 골똘한 표정을 짓고 있는 스냅사진이 있는데, 격식을 차리지 않은 평상복 차림의 사진 속에서 완룽은 그 어느 때보다도 아름답고 귀엽다. 그 모습을 보고 있으면 앞으로 몇 년 안에 시작될 파탄을 상상하기가 두렵다. 황후로서뿐만 아니라 한 여인으로서도, 완룽의 파멸은 지나치게 가혹하고 지나치게 끔찍하기 때문이다.

그러니 파탄을 얘기하기 전에, 황제와 황후가, 한 남자와 한 여자가 서로 믿고 의지했던 시절의 에피소드를 하나 더 하고 건너가자.

한번은 황제가 기분이 몹시 좋았는지, 직접 상점에 가서 완룽에게 줄 다이아몬드 손목시계를 주문했다. 그는 손목시계의 뒷면에다 한 줄의 글자를 새겨줄 것을 요청했다. 며칠 후 환관을 시켜 그 손목시계를 찾아오게 했는데, 환관이 손목시계의 뒷면에 있는 영문 글자를 발견하고는 그것을 손목시계의 상표인 것으로 생각했다. 그가 직원에게 묻자 직원은 그것을 읽어주기는 했으나 뜻이 무엇인지는 알려주지 않았다. 손목시계를 찾아온 환관은 궁 안으로 들어서자마자 큰 소리로 외쳤다. "황제 폐하! 폐하께서 주문하신 'I LOVE YOU' 상표의 손목시계를 찾아왔사옵니다!"*

---

* 崔慧梅, 「我要爲婉容皇后呼冤」.

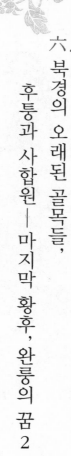

六. 북경의 오래된 골목들,
후퉁과 사합원—마지막 황후, 완롱의 꿈 2

살아가는 필요에 의해 개축되었거나 새로 건축되었을 내부의 건물들은 과거의 흔적들을, 거의 완전하게, 없애버렸다. 그렇더라도 남아 있는 것들…… 그 낡고, 빛바래고, 부서진 조각들 사이에서 술래에게 들키지 않기 위해 기를 쓰고 숨어 있던 것처럼 완롱의 흔적이 안타깝게 모습을 드러낸다.

완룽이 결혼하기 전에 살았던 집은 자금성의 북쪽, 경산공원에서 멀지 않고, 종루와 고루에서도 멀지 않은 지안문(地安門) 거리의 마오얼(帽兒) 후통(胡同)에 있다. 종루와 고루는 백 미터 간격으로 서 있는 높이 사십오 점 칠 미터의 웅장한 건축물인데, 어두운 동굴처럼 뚫려 있는 까마득한 계단을 밟아올라가면 종과 북만을 볼 수 있는 게 아니라 촘촘히 박혀 있는 북경의 지붕들을 또한 내려다볼 수 있다. 완룽의 생가는 종루의 남동쪽, 지금은 수많은 지붕들 중의 하나에 불과하지만, 완룽이 태어날 때만 하더라도 그곳은 어마어마한 대저택이었다.

지안문 거리는 서쪽으로 스차하이(什刹海), 혹은 허우하이(后海)라고 불리우는 아름다운 호반을 끼고 있는데, 이 호반을 둘러싸고 황족의 저택들, 즉 왕부(王府)들이 자리를 잡고 있다. 완룽의 고거가 있는 지안문의 동쪽 거리에도 고관대작의 저택들이 즐비했다. 청나라 개국시기에 한족을 성 밖으로 몰아내고 만주족을 황궁 근처에 배치하는 이주정책이 실시될 때, 신분이 높은 만주족 귀족들은 조금이라도 궁 가까이에 있는 곳에 근거를 마련했다. 완룽의 집안은 정백기[*] 출신으로, 정백기는 황성의 동북쪽에 거처를 마련할 수 있었다.

종고루에서 완룽의 고거가 있는 쪽, 즉 동남쪽 일대는 '남, 북 뤄구샹(鑼鼓巷) 역사문화보호구역'이다. 이 일대의 후통들은 원나라 시기부터 조성이 된 오래된 골목들로, 명·청 시기의 옛 저택(舊宅院)들, 중국의 전통적인 주택양식인 사합원(四合院)들이 골목 곳곳에 숨어 있다. 어느 후통으로 들어서거나 곧 눈에 띄는 것은 오래되어 보이는 주택의 대문 옆에 붙은 '문화보호재(市文物保護單位)' 표시이다. 옛 저택, 사합원, 왕부, 혹은 오래된 관청 등.

만일 오래된 골목과 그 골목에 어려 있는 사람살이의 풍경을 보고 싶어한다면, 바로 그곳에서 보고 싶은 모든 것을 볼 수 있다. 그러나 불행히도, 대문 밖에서만이다. 역사문화보호구역의 어느 후통 어느 문화보호재든, 기념관으로 지정되어 있지 않은 곳은 모두 사유지이

---

[*] 만주족은 팔기의 군제를 바탕으로 하여, 정백기, 정홍기, 정황기, 정람기, 양백기, 양홍기, 양황기, 양람기의 민병 합일의 신분, 생활체제를 이루었다.

다. 문화보호재의 표지판 옆에는 '이곳은 사유지로, 관람객의 참관을 사절합니다'라는 '주인백'의 표지판이 함께 붙어 있다. 좀더 과격한 표지판도 있다.

"여기는 사유지이니, 제발 귀찮게 좀 하지 마시오."

북경의 주요 관광상품 중의 하나는 후퉁 관광이다. 후퉁은 몽골어의 우물이란 단어에서 파생된 말로, 골목이라는 뜻을 갖고 있다. 그러니까 북경의 유명한 후퉁 관광은 북경의 오래된 골목들을 구경하는 것이다. 그 골목들에 무엇이 있기에? 북경의 후퉁은 큰 것만 따져도 삼천 곳이 넘고, 작은 것은 이루 헤아릴 수 없을 정도이다. 말하자면 북경의 어느 곳에서나 후퉁을 만날 수 있다는 것이다. 인력거꾼들이 관광객을 태우기 위해 항시 대기하고 있는 관광후퉁을 제외하더라도, 자금성을 둘러싼 골목들은 사실 어느 곳에나 볼 만한 것들이 있다. 마치 그곳에서 사는 사람인 것처럼, 혹은 그곳에 사는 친구나 친지를 방문하는 길인 것처럼 시침을 뚝 떼고 들어선 이름 없는 후퉁에서, 당신은 오히려 북경의 오래된 숨결을 더 가깝게 느낄 수 있을지도 모른다. 후퉁은 막다른 길 없이 다시 또다른 후퉁으로 이어지고, 후퉁의 수많은 대문 중의 하나를 열면 그 안은 다시 또 골목으로 이어진다. 어느 이름 없는 창에는 새 조롱이 놓여 있고, 오래되어 낡은 마오 주석의 초상화가 걸려 있고, 그 창 아래에서는 길거리 이발

사가 그 골목에 사는 누군가의 머리를 자르고 있다. 여름이라면 배를 드러낸 남자들이 그 골목에 있을 것이고, 겨울이라면 양꼬치를 들고 뛰어가는 아이를 볼 수 있을 것이다.

북경의 전통적인 주택은 내부를 향해서만 열려 있고 외부로는 완전히 닫힌 구조이다. 사합원은 가운데를 정원으로 하여 사방을 주택으로 둘러싼 구조로, 밖에서는 안을 들여다볼 수 없게 되어 있다. 그러고도 담은 높고 높아, 우리나라의 낮은 담장도 높다고 생각하는 사람들에겐 북경의 담은 마치 요새처럼 여겨진다. 귀족의 집일수록 그 완강함은 더욱 견고하다.

다행히 친절한 주인을 만나, 사합원의 아름다운 내부를 구경하는 기회를 얻는 경우도 없지는 않다. 마오얼 후통의 옆골목, 차오더우 (炒豆) 후통에는 청말 영불 연합군의 북경 침공을 저지하는 전투를 벌여 유명한, 몽골족 장군이며 친왕인 셍게린친(僧格林沁)의 왕부가 있다. 왕부는 본래의 주인을 잃고 백여 년이 흘러가는 동안, 몇 개의 주소로 분할되어 수없이 다른 주인을 맞아들였다. 그중 친절한 주인이 손수 문을 열어주며, "얼마나 아름다운지 한번 구경해보라" 권한다.

작은 화단과 작은 텃밭, 낡고 오래된 주택의 담을 쫓아 지붕까지 짙푸르게 피어난 담쟁이덩굴, 그리고 적요. 귀가 어두운 노인이 낯선

북경의 이름 없는 후퉁

방문객에 놀라 경계를 늦추지 않으며 텃밭의 흙을 일구고, 현대식 가구가 놓인 가옥의 어두운 내부에서는 흔들의자에 앉은 노인이 밖을 내다본다. 고요한 정원, 아름다운 햇살 아래, 아마도 한때는 우물이었을 것으로 보이는 흔적 위에 오래된 글씨가 새겨진 석판이 보인다. 석판은 일부 훼손된 채, 그러나 그 훼손의 흔적으로 세월을 증거하며, 묵묵히, 혹은 묵중하게 거기에 있다.

완릉의 본가에는 '옛 저택, 문화보호재'라는 표지가 붙어 있을 뿐, 그곳이 마지막 황후가 살았던 곳이라는 설명은 없다. 더군다나 이 옛 저택 역시 몇 개로 분할되어 현재 문화보호재로 지정된 곳도 35호와 37호로 주소가 나뉘어 있다. 35호는 개인의 사유거주지, 37호는 모 기관의 사무처로 쓰이고 있다. 마오얼 후퉁은 비록 관광객들을 태운 인력거가 달리는 곳은 아니지만 자금성의 근거리에 있음으로써 항시 관광객들을 그러모으는 곳이다. 수없이 많은 문화재들이 후퉁을 채우고 있어 그 안으로 들어서자마자 역사의 습한 숨결이 고스란히 느껴진다. 그러나 야단스러운 보호정책은 이곳을 비켜가버린 듯하다. 후퉁은 문화보호구역으로 '지정'되었을 뿐, '보호'되거나 '복원'되지는 않았다. 그리하여 후퉁은 사람들과 함께 낡아가고 변화하고 훼손되고 또한 새로 건설되며, 마구잡이로 뒤섞인 비빔밥이 되었다. 그러나 역사란 말끔히 새로 단장한 고궁의 단청 아래에서 느껴지는 것이 아니라, 바로 이런 곳에서 생생히 느껴지는 것이 아닐까. 슬픔은 슬픔대로, 허망함은 허망함대로 그대로인 채, 수없이 단절되며 그러나 끝나지 않는 이야기……

완릉의 끝나지 않는 이야기는 어떻게 그 숨결을 이어가고 있을까. 한때 아름다웠을 사합원은 역사의 흔적보다 지금 살고 있는 사람들의 살아가는 모습을 더 많이 보여준다. 오래전 연못과 바위산이 있었을 정원에는 빨래가 널려 있고, 화려한 문양이 장식되어 있었을 벽면에는 에어컨의 실외기와 전선들이 어지럽게 얽혀 있다. 37호는 기관이 보호를 하고 있는 곳으로 비교적 보존이 잘되어 있는 편이지만, 35호의 손상은 심각한 지경이라 하지 않을 수 없다. 살아가는 필요에 의해 개축되었거나 새로 건축되었을 내부의 건물들은 과거의 흔적들을, 거의 완전하게, 없애버렸다. 그렇더라도 남아 있는 것들…… 그 낡고, 빛바래고, 부서진 조각들 사이에서 술래에게 들키지 않기 위해 기를 쓰고 숨어 있던 것처럼 완릉의 흔적이 안타깝게 모습을 드러낸다.

완릉이 결혼 전에 썼던 방은 여전히 남아 있고, 그 방을 장식했던 칠면경(七面鏡)도 그대로 남아 있다. 칠면경의 문을 열고 밀실인 듯한 방으로 들어가면 또 거대한 거울이 나온다. 그 오래된 거울은 백년도 전의 것으로 영국에서 들여온 사면경 중의 하나인데, 그중의 하나는 서태후가, 그리고 또 그중의 하나는 원세개가 지녔다는 말이 전해진다. 말하자면 보물이라고 할 만한 거울 앞에 서 있었을 소녀……
그 소녀는 황후가 된 후에도 목욕을 마치고 나면 커다란 거울 앞에
서서 자신의 벗은 몸을 꼼꼼히 살펴보곤 했다. 여자와의 육체관계에
별로 관심이 없는 한 남자, 그러나 황제인 남자의 아내가 된 여자, 그
여자에게 육체란 어떤 의미로 다가왔을까.

완전히 낡아버린 완룽의 본가를 둘러보면, 제국의 멸망보다 더한
것, 한 여자의 완전한 파멸이 그 훼손의 흔적 속에서 고스란히 느껴
지는 듯하다. 완룽의 부친은 황제의 장인이 된 후 승은공(承恩公)이
되었고 그의 아들들도 차례차례로 벼슬을 하사받았다. 그들은 궁중
에서 말을 타고 다닐 수 있도록 허용받는, 특별한 은혜를 입기도 했
다. 그러나 몰락은 황후 완룽에게뿐만 아니라 그들 집안에도 전면적
으로, 한꺼번에 닥쳐왔다. 푸이가 전범포로가 되어 소련으로 압송될
당시 그 비행기 안에는 완룽의 동생인 룬치(潤麒)도 있었다. 같은 비
행기를 타지는 않았지만 그의 장인인 룽위안 역시 소련의 포로가 되
었다. 그는 본국으로 송환된 후 하얼빈의 전범수용소에서 병사를 하
는데, 아직 병들기 전 소련의 포로수용소에서는 푸이의 배설물까지

직접 치울 정도로 충성을 다했다.

완룽은 푸이와 동행하지 못했다. 일본이 패망하고 만주국이 그 깃발을 내린 후 푸이가 일본으로 망명을 시도할 당시, 완룽은 이미 절망적인 상태의 아편 중독자였다. 그녀는 혼자서는 일어서지도 못했고, 씻지도 않았고, 아무 데나 똥오줌을 묻히는 상태였다. 대부분의 시간 정신이 혼미하여 사람을 잘 알아보지도 못했는데, 헛소리처럼 중얼거리는 말은 그의 아비에 대한 저주에 가까운 욕설뿐이었다. 어째서 하필이면 아비였을까. 그것은 아마도 자신의 운명에 대한, 모든 것이 뒤틀리기 시작한 최초의 단추였다고 여겨지는, 바로 그 순간에 대한 노여움과 분노였을 것이다. 자신을 황후로 만든 아버지…… 그것은 왜 나를 낳으셨어요, 라고 묻는 것만큼이나 가혹한, 그리고 견딜 수 없는, 자기 존재의 부정이었다.

완룽은 일본에 의해 철저히 자유가 통제되었던 만주국 황후 시절에 빠르게 몰락의 길로 접어들었다. 푸이는 황제였고 완룽은 황후였으나, 일본은 황제와 황후의 자유로운 외출까지 금했다. 궁의 내부에는 그들의 행동을 제어하는 일본인들이 있었고, 황후의 주변에는 역시 그녀의 일거수일투족을 감시하는 일본인 시녀들이 있었다. 그녀는 감옥과 같은 황궁을 떠나 일본으로 건너가는 방법을 모색해보기도 하고, 심지어는 민국 정부 인사에게 자신의 도피를 도와달라고 요청하기까지 했다.

　황제는 탈출하는 것이 불가능하다는 것을 나는 알고 있습니다. 그러나
만일 내가 도망칠 수만 있다면, 나는 그의 탈출을 도와줄 수 있을 것입니
다.*

　그러나 황후의 요청은 받아들여지지 않았다. 그리고 제국의 완전
한 복원에만 열중해 있던 푸이는 그녀를 돌보지 않았다. 당시 신경증
적이었던 것은 완룽뿐만이 아니라 푸이 역시 마찬가지였다. 그들은
비정상적인 시대에 가장 비정상적인 존재 형태로 그 시절을 견디고
있었다. 욕망과 좌절, 그리고 분노와 노여움이 뒤섞여 그것은 흔히 자
기 파탄으로 이어졌다. 그 시절 고독했던 황후 완룽의 모습을 보자.

　그때 한 젊은 여인이 잠옷을 입고 흐트러진 머리를 한 채 푸이의 침실로
걸어가는 것이 보였다. 완룽이었다. 완룽이 푸이의 침실 문을 두드렸지
만, 방 안에서는 아무런 응답도 없었다. "폐하, 폐하!" 완룽의 호소에도 불
구하고 안에서는 아무런 소리도 들리지 않았다. 완룽은 마침내 자기 방으

---

* 中國社會科學院 近代史研究所 編, 『顧維鈞回憶錄』, 中華書局.

로 돌아가 쾅 소리를 내며 문을 닫아버렸다.*

　황후 완룽이 푸이의 젊은 장교와 비밀스러운 관계에 빠지게 된 것
도 바로 이 시기이다. 완룽은 이 위험한 사랑의 결과로 말미암아 임
신을 하기에 이른다. 완룽의 아이는 낳자마자 숨을 거두었고, 곧 '아
궁이'에 버려진 것으로 알려졌다. 그후 푸이에 의해 냉궁에 연금된
완룽은 자기가 낳은 딸이 이미 죽어버린 것도 알지 못한 채 궁 밖 어
딘가에서 키워지고 있다고 믿고는 아이의 보육비를 모으곤 했다고
전해진다. 그러나 그보다 더 많은 돈을 그녀는 아편을 사는 데 쓰지
않을 수 없었을 것이다. 고통과 절망과 고독을 잊는 방법…… 당시
의 그녀에게 유일한 위안, 즉 모든 것을 잊는 방법은 아편밖에 없었
다. 그 불행한 여인의 당시 나이, 고작 서른 무렵이었다.**

---

* 李國雄 口述, 王慶祥 撰寫, 「隨侍溥儀紀實」.
** 완룽의 임신과 출산에 대해서는 푸이와 완룽의 측근들이 여러 방식으로 증언을 하고 있지만,
가장 구체적인 스토리를 제공한 사람은 푸이 연구가 왕칭샹(길림사회과학원 연구원)이다. 그는
푸이의 시종 리궈슝을 인터뷰하여 전기를 집필하는 등, 수많은 자료들을 근거로 하여 완룽의 일
대기를 그렸다. 그러나 왕칭샹의 주장을 정면에서 반박하는 사람도 있다. 톈진 시절부터 만주국
시절까지 완룽에게 회화를 가르치며 그녀의 측근에 머물렀던 추이후이메이는 「완룽 황후의 억울
함」이라는 글을 통해서, 완룽이 출산을 했다고 주장하는 시기에 자신이 바로 완룽의 곁에 머물고
있었으나, 완룽에게 임신과 출산과 같은 일은 결코 없었다고 주장했다. 만주국의 패망 후 신분을
감추고 홍콩에서 살아왔던 그녀는 황후 완룽의 사통을 흥밋거리로 다룬 영화를 보고는 충격을 받
아, 자신의 이력을 공개하고 완룽을 변호하기 시작했다.

그날, 거리는 사람들로 인산인해를 이루었다. 길바닥은 물론이고 지붕 위에까지 사람들이 가득 찼다. 중국 최후의 황후가 시집을 가는 성대한 의식을 구경하기 위해, 사람들은 인내심을 갖고 기다리고 있었다. (……) 마침내 완룽이 나타났다.

완룽이 혼례를 올리던 새벽, 당대 최고의 경극배우였던 메이란팡 (梅蘭芳)은 공연을 마치고 집으로 돌아가는 길이었다. 완룽의 집은 스차하이의 동쪽, 메이란팡의 집은 서쪽에 있었다. 그날 잠을 이루지 못하고 새벽을 기다리고 있던 사람은 완룽이나 완룽의 가족, 혹은 푸이나 궁궐의 사람들만이 아니었다. 북경에 사는 사람이라면 누구나가 그 화려한 혼례에 마음이 설렜다. 혼례식을 구경 나온 사람들은 조금이라도 더 잘 보이는 데를 차지하기 위해 남의 집 담장이나 지붕 위에 자리를 잡기도 했다. 당시, 누구에게나 최고의 사랑을 받았던 메이란팡이라고 다르지는 않았을 것이다.

그는 바로 그 이튿날 밤부터 사흘 동안 궁중에서 〈패왕별희〉를 공연했다. 메이란팡의 공연은 언제나 환영을 받았는데, 특히나 그가 그날 공연한 〈패왕별희〉는 거의 초연이나 마찬가지였기 때문에 많

은 사람들의 관심을 불러모았다. 〈패왕별희〉는, 초패왕이었던 항우
와 우미인의 이별을 그린 작품이다. 항우가 유방에게 쫓겨 사면초가
에 처했을 때, 우미인은 그들에게 마지막이 다가왔음을 알았다. 그
들은 이어지는 전투와 전투 속에서도 육 년 동안이나 함께한 사이였
다. 그날 밤 주연을 베푼 항우는 마지막 술잔을 기울이며, 이렇게 탄
식했다.

"우미인아, 우미인아. 너를 어찌할 것이냐."

바로 이것이 '역발산기개세(力拔山氣蓋世, 힘은 산을 뽑을 만하고
기운은 세상을 뒤덮을 만하다)'로 시작되는 항우의 유명한 〈해하가垓
下歌〉의 끝부분이다. 우미인은 항우의 탄식에 칼로 자신의 목을 찔
러 자진하는 것으로 대답했다. 우미인의 죽음에 오열하던 항우는 사
력을 다한 전투로 적의 포위망을 뚫고 나아갈 수 있었으나 전쟁에서
대패한 장수로서의 책임감에 자신 또한 오강(烏江)에 이르러 스스로
목을 찔러 자결한다. 그의 애마였던 오추마 역시 강으로 뛰어들어 주
인과 같은 시간에 생을 달리했다.

유장한 슬픔으로 가득한 이 경극은 공연 자체로서는 아름다웠을지
모르지만, 이제 갓 결혼한 신혼부부를 위한 공연으로는 결코 적당하
다고 말할 수가 없는 것이었다. 경극 〈패왕별희〉가 남긴 불길한 징조
에 대해 우려의 말이 나왔을 때, 푸이는 일언지하에 그런 게 무슨 상

북경의 오래된 골목들, 후통과 사합원。
마지막 황후, 완룽의 꿈
2

125

© 남궁산

라오서(老舍) 차관에서 공연중인 〈패왕별희〉

관이냐고 대꾸했다고 전해진다. 오랜 시간이 흘렀을 때, 푸이는 항우처럼 스스로 목숨을 끊지 못했고, 완룽은 우미인처럼 자신의 절개와 품위를 지키지 못했다. 그리고 왕조는 그 흔적까지 사라졌다.

위대한 가인은 사람의 내부를 읽는다. 메이란팡은 경극무대 위에서 가장 완벽한 양귀비였고, 서시이기도 했고, 왕소군이기도 했다. 그는 여자보다 더 아름다운 남자였고, 여자보다 더 완벽한 여장배우였다. 푸이와 완룽의 앞에서 우미인을 연기할 때, 그는 완룽의 슬픈 앞날을 짐작이나 할 수 있었을까. 질문은 이어진다. 완룽은 정말로 희대의 불륜을 저지른 패륜 황후였을까? 그녀의 아기는 정말로 아궁이에 던져졌을까? 그러나 그러한 질문은 사실 별다른 의미를 갖지 않는다. 한 여인이 생의 정점에서 생의 바닥까지 내려오는 동안 겪었던 좌절과 고통이 쓸쓸하기만 할 뿐이다. 그러나 더 쓸쓸하고 더 아픈 것은 그 이면의 것, 말하자면 희망이다. 절망은 포기하지 못한 희망 때문에 살이 통째로 베이는 것과 같은 아픔이다.

1945년 8월 15일 일본이 항복을 선언한 후, 푸이는 일본으로 탈출하기 위해 마지막 은신처를 떠났다. 그때, 푸이와 함께 비행기를 타도록 허용된 사람 중에 완룽은 없었다. 푸이는 그의 측근 몇 명만을 데리고 탈출을 할 작정이었다. 남겨진 사람들의 불안과 두려움에 대해 푸이는 무책임한 대답으로 일관했을 뿐이다. 당시 완룽은 푸이에게 그녀의 앞날에 대해 질문조차 할 수 없었다. 그녀는 완전히 망가져서 더러운 누더기나 살덩어리 같은 존재였고, 오직 아편으로만 그 존재의 숨결을 연명해가고 있었다. 완룽의 동생인 룬치는 푸이와 함께 탈출을 하도록 선택된 푸이의 최측근이었다. 그는 떠나기 직전 그의 아편 중독자 누이를 보러 그녀의 방으로 들어갔다. 아마도 무슨 말이든 하고 싶었겠으나, 망가진 누이 앞에서 그는 한마디도 입을 열 수가 없었다. 룬치가 등을 돌려 방문을 나섰을 때, 완룽의 울부짖음이 방 안으로부터 들려왔다.

"룬치! 룬치!"

아마도 그 순간이 그녀의 생애 마지막으로 그녀가 자기 정신을 되찾았던 순간이었을 것이다. 동생의 이름을 울부짖으며 부른 후, 그녀의 마지막 촛불이 꺼졌다. 그녀는 인사불성인 채로 해방군에 의해 이리저리 끌려다니다가 최후에 이르러서는 행려병자로 죽었다. 연길 어느 병원, 혹은 어느 감옥에선가 최후를 맞이했다는 기록이 있을 뿐, 그녀는 시신조차 남기지 못했다.

가인은, 존재의 눈물을 이해하는 특별한 사람일지도 모른다. 메이란팡은 수없이 많은 인물을 연기했는데, 그중에서도 양귀비를 연기하는 것이 특별했다. 아직 파탄이 오기 전, 완룽은 푸이와 함께 메이란팡의 공연을 보러 가는 것을 즐기곤 했었다. 일본이 만주를 점령하고 푸이를 만주국의 괴뢰 황제로 만들기 전, 톈진 시절의 풍경이다. 그때 푸이와 완룽은 황금기 같은 시간을 보냈던 것으로 보인다. 그들은 어디든지 함께 다녔고, 사고 싶은 무엇이든 샀으며, 하고 싶은 무엇이든 했다. 완룽은 너무나 아름다워 눈이 부실 지경이었고, 푸이는 그 여인을 항상 곁에 두었다.

가인 메이란팡에 대해서는 한마디 더 덧붙이고 넘어가자. 메이란팡은 중국의 전통적인 경극을 현대화시킨 장본인으로서 칭송받기도 하지만, 반대로 전통성을 훼손시켰다는 비난에서도 자유롭지 못하다. 그렇더라도 그는 당대 최고의 스타였으며, 현재까지도 그를 능가하는 스타는 나타나지 않고 있다. 메이란팡의 고거는 스차하이의 서남쪽으로, 공친 왕부를 지나 보인 대학과 경친 왕부를 거쳐, 호국사(護國寺) 거리 입구에 있다. 굳이 메이란팡 고거 참관을 목적으로 하지 않는다고 하더라도, 이 길은 좇아 걷는 것만으로도 아름답다. 근방의 왕부들이 사람 사는 집이라기보다는 궁궐이나 공원처럼 여겨지는 것과는 달리, 메이란팡의 고거는 크게 위압감을 주지 않으며, 단아하다. 북경의 사합원 구조를 전형적으로 구현하고 있기도 하다. 사합원의 아름다움을 비로소, 여기에서 느낄 수 있다.

고거의 기념관에 들어가면 메이란팡의 공연이 디브이디로 재생되고 있다. 메이란팡의 손짓을 눈여겨보기 바란다. 슬픔이나 고통, 희

망이나 행복은 사실 눈에 뜨이지 않게 움직이는 손끝으로부터 시작
되는 것인지도 모른다. 그렇게 작게, 속삭이듯이 말이다. 그 손끝의
동작을 가만히 좇아 하다보면, 그 손끝에서 완릉의 이야기가 되살아
나는 듯도 하다.

七. 스차하이 — 황제가 태어나는 곳

스차하이의 밤, 뱃놀이는 특별하다. 밤의 어둠이 묻어버리기는 했지만 그곳은 연경팔경 중 하나로 꼽히는, 아름다운 호반이다. 호반이 아름다운 것은 물과 술잔에 비친 달과, 비파의 현 위에 얹힌 아름다운 여인의 흰 손가락만이 아니라 호반을 둘러싼 역사의 흔적들이 또한 그러하다.

고궁이 문을 닫고, 기념관이나 박물관도 문을 닫는 시간, 북경에 어둠이 내려앉는다. 식당의 불빛이 먼저 밝아 저녁을 일찍 먹는 습관이 있는 중국 사람들을 분주하게 맞아들인다. 북경오리를 먹을 수 있는 식당은 북경오리 전문점인 '취안쥐더(全聚德)' 말고라도 어디에서나 찾을 수 있고, 양고기에 거부감을 갖지 않는 사람이라면 북경의 유명한 식당 '둥라이순(東來順)'에서 양고기 샤브샤브(涮羊肉)를 먹을 수도 있다. 그리고 보다 밤이 깊어지면, 당신은 스차하이에서 비파를 타는 아가씨와 함께 뱃놀이를 즐길 수 있다.

밤의 스차하이는 호반을 둘러싼 카페들의 불빛으로 어지럽거나, 찬란하다. 수없이 늘어선 카페들에서 울려나오는 음악은 거리로까지 넘쳐흘러 뱃전에서 연주되는 비파 소리를 방해한다. 그렇더라도 스차하이의 밤, 뱃놀이는 특별하다. 밤의 어둠이 묻어버리기는 했지만 그곳은 연경팔경 중 하나로 꼽히는, 아름다운 호반이다.[*] 호반이 아름다운 것은 물과 술잔에 비친 달과, 비파의 현 위에 얹힌 아름다운 여인의 흰 손가락만이 아니라 호반을 둘러싼 역사의 흔적들이 또한 그러하다. 스차하이는 십찰사(什刹寺)라고 하는 사찰의 이름으로부터 유래되었다고도 하고, 스차하이의 '스' 자를 '열 십' 자로 해석하여,[**] 열 개의 사찰이 있는 호수, 즉 아주 많은 사찰이 있는 호수라는 뜻에서 유래되었다고도 전해진다. 지금은 그토록 많은 사찰들을 다 구경할 수는 없지만, 당신이 비파 소리와 밤의 물빛에만 현혹되지 않는다면 광화사(廣化寺)와 화신묘(火神廟)[***] 등 몇 군데의 아주 오래된 사찰들을 찾아볼 수 있다. 사찰은 사라진 흔적과 여전히 현존하는 흔적들 사이에서 조용히 말을 건넨다.

스차하이는 사찰뿐만 아니라 왕부와 고거, 그리고 그 모든 것들을 품고 있는 후통으로도 유명하다. 관광객을 태운 인력거들이 줄을 지어 호반과 골목을 질주한다. 골목의 작은 상점 주인들은 그런 일에는

---

[*] 은정관산(銀錠觀山, 은정교에서 산을 바라보다)이라 하며 태액추파(太液秋波, 태액지의 가을 물결), 노구효월(盧溝曉月, 노구교의 달) 등과 함께 연경팔경 중 하나로 꼽힌다.
[**] 스차하이의 스(什)와 열 십의 스(十)는 성조와 발음이 같다.
[***] 화신묘는 최근 복원되었다.

스차하이 밤의 풍경

늘 익숙하다는 듯 관광객의 카메라 앞에서 환한 웃음으로 포즈를 취해준다. 스차하이의 입구는 여러 군데가 있지만, 말하자면 길이 뚫린 모든 곳이 입구겠지만, 일반적으로는 허화(荷花) 시장 쪽으로 접근을 하게 된다. 오래전에는 거리시장이 열려 무엇이든 살 수 있었다는 이곳에서는 지금은 태극권을 하거나 댄스를 즐기는 사람들이 자리를 잡고 있다. 중국인들이 거리에서 사교댄스를 즐기는 것은 배드민턴을 치는 것만큼이나 자연스러운 일이다. 파트너가 있는 사람은 파트너와 함께, 없는 사람은 혼자, 음악에 맞춰 몸을 흔든다.

스차하이는 땅과 물의 역사이다. 물론 정복의 역사가 이곳만을 비켜가지는 않았다. 스차하이에 대한 최초의 역사상 기록은 당나라 시대로까지 거슬러올라가는데, 당태종의 고구려 정벌 패전에 대한 뒷이야기가 흥미롭다. 당나라 개원 29년, 당태종 이세민이 이곳에 잠시 머물렀다. 고구려 정벌에 실패한 후, 장안으로 돌아가던 중이었다. 당태종 이세민은 '중국 역사상 가장 화려하고 강대했던 시대'를 이룬 황제로, 그의 치세를 일러서는 '정관의 치(貞觀之治)'라고 했다. 그것은 후대에까지 공정하고 위대한 정치의 대명사가 되었다. 그 위대한 황제의 야심찬 꿈 중에는 고구려 정복이 있었다. 수나라를 멸망케 한 고구려를 마침내 무릎 꿇림으로써, 수나라의 대를 이은 당나라의 위대함을 만천하에 떨치고 싶었을 것이다. 당태종은 십 년 동안이나 전쟁을 준비하여, 수십만 명에 이르는 정예군을 이끌고 직접 고구려 정벌에 나섰다. 대국이 모든 것을 건 싸움, 전쟁은 얼마나 치열했을까. 그러나 정복의 환희는 맛볼 수 없었다.

패전의 길에서 돌아오던 길에 스차하이 호반에 발길을 멈추고는 당태종은 무슨 생각을 했을까. 제국을 연 모든 황제들이 그렇듯이 당태종의 일생도 끝없는 싸움의 연속이었고, 매번 그 싸움은 자신의 모든 것을 건 것이었다. 적을 죽이는 것은 물론이거니와 자신의 형제들역시 죽였다. 패배하거나 실패하는 순간, 다음의 기회는 없었다. 그는 그렇게 당나라를 열었고, 황제가 되었고, 돌궐과 토번, 고창국 등을 정복했다. 고구려에게 당한 패배, 그것은 당태종이 생애 처음으로 겪은 가장 쓴맛의 패배였다. 그는 아마도 두렵고 불안했을 것이다. 그때, 호반을 낀 어느 마을에서 백발의 노인이 걸어나오는 것이 보였다. 태종이 마을의 이름이 무엇인가를 무심히 물었을 때, 노인의 대답이었다.

"용도촌이라 하옵니다."

용도촌, 즉 용이 이르는 마을이라는 뜻이다. 두말할 것도 없이 용은 황제이다. 패전의 쓰고도 서늘하던 기분에 태종은 일순, 후끈하지 않았을까. 태종은 그후, 군사를 일으켜 다시 고구려를 침공했다. 그는 그 전쟁을 끝마치지 못한 채 세상을 떴고, 당은 다시 한번 고구려에 패배했다.

　원나라가 북경에 수도를 건설할 때, 이 호전적인 유목민족은 두 번 생각할 것도 없이 호수를 중심으로 성을 세우기로 했다. 훗날 조카의 황위를 빼앗아 황제가 된 명나라 영락제가 북경으로 천도를 하고 성 내의 뱃길을 금지하기까지,* 태액지(스차하이를 포괄한 고궁 서쪽 호수의 옛 이름)는 일찍이 북경부터 항저우까지 이어지는 대운하의 시발점이자 종착점이었다. 시간이 있으신 분은 잠시 지도를 보시라. 운하의 거리는 총 천칠백사십칠 킬로미터로, 서울에서 부산까지 이어지는 경부고속도로를 네 배 합쳐놓은 길이다. 운하는 남방에서 생산되는 곡물이나 원목 등을 운송하였고, 황제는 운하를 타고 강남까지 내려갔다.

　운하가 완공된 것은 수양제 때의 일로 고구려 침공을 위해 물자와 군사를 운송하려는 목적이었다. 수양제는 고구려 침공에 실패를 하고, 그로 인하여 왕조는 멸망하였으나, 운하는 마르지 않고 남았다.

　1860년대 매카트니 백작이 '대사선(大使船)'을 타고 베이징을 방문한 기록을 보면 상당히 흥미로운 부분이 있다. 베이징으로 가려면 대운하의

---

* 영락제는 건문제를 추종하는 자객들이 뱃길을 좇아 남으로부터 올라올 것을 걱정했다고 한다.

수문을 넘어야 했는데 배를 들어올려서 넘어갔다는 점이다.

『베이징 이야기』를 쓴 린위탕의 기록이다. 수문을 열고 배가 지나가는 것이 아니라 배를 들어올려서 수문을 넘어가는 풍경이라니…… 이것은 상상력의 부족이라고 해야 하나, 극치라고 해야 하나…… 하여간, 같은 중국인이 봐도 신기하긴 신기했던 모양이다.

용이 이르는 곳, 그곳에서는 황제가 태어났다. 당태종이 잠시 머물렀던 때로부터 근 천이백 년이 지나 용은 드디어 깊은 물속으로부터 솟아나와 인간인 황제로서의 모습을 드러냈다. 마지막 황제 푸이가 태어난 곳이 바로 여기, 스차하이 호반의 순왕부이다.

황제가 태어난 곳은 잠룡지(潛龍地)라고 하여 성역이 된다. 청나라 옹정제가 청년 시절에 살았던 왕부가 제위 후에는 옹화궁으로 이름을 바꾸고 황제의 행궁(行宮)이 된 것이 그 대표적인 예이다. 옹화궁은 훗날 라마교 사찰이 되어, 오늘날까지도 북경을 찾는 관광객들에게 그 아름다움을 전하고 있다.

푸이가 황제가 된 후 스차하이의 순왕부 역시, 잠룡지로서의 성역이 되어야 했다. 태후는 새로운 순왕부의 부지로 서원(西苑)의 땅을 하사했으나, 새로운 왕부가 다 지어지기도 전에 신해혁명이 일어났다. 왕조는 멸망했고, 왕부는 영원히 '공사 중지'인 상태로 남았다. 1924년 궁에서 쫓겨난 푸이는 그가 태어난 이곳, 잠룡지로 돌아왔다. 용의 자격을 박탈당한 채. 1949년 인민정부에게 그 소유권을 넘길 때까지, 순왕부는 푸이의 생부인 섭정왕 짜이펑(載灃)의 소유였다.*

섭정왕 짜이펑은 푸이의 선황제인 광서제의 두번째 동생이다. 광서제는 도광제의 후손으로 선황인 동치제가 후사 없이 세상을 뜨자 동치제와 같은 항렬로서 황제의 대를 이었다. 새 황제가 선대 황제와 같은 항렬, 즉 아우가 형의 후사를 이을 수는 없다는 대신들의 극렬한 반대에도 불구하고 서태후는 자신의 의지를 관철시켰다. 만일 광서제의 아랫대가 황위에 오르게 되면 서태후 자신은 태황태후가 됨으로써 더이상 섭정을 할 수 없게 되기 때문이었다. 광서제는 서태후의 친여동생의 아들이었고, 무엇보다도 그녀가 아주 오랫동안 다루기 좋을 만큼 나이가 어렸다.

푸이의 친조부이며 광서제의 부친인 순현친왕 이쉬안(奕譞)은 자신의 아들이 황제로 임명되었다는 소식을 듣고는, "머리를 부딪쳐

---

* 짜이펑은 순왕부를 구십만 근의 쌀값에 해당하는 가격으로 인민정부에 팔았다. 그후 순왕부는 공산당 하의 '국립고급공업학교'가 되었다.

가며 통곡을 하던 끝에 정신을 잃고 바닥에 쓰러져 부축해 일으켜세
워도 일어나지를 못했다". 왜일까? 설마 기뻐서? 사실은 완전히 반
대였다.

이쉬안은 도광황제의 일곱번째 아들로 태어난, 함풍황제의 세번
째 동생이다. 그는 그의 형이 황제가 되는 것을 보았고, 그의 조카가
황위를 계승하는 것을 바로 곁에서 보았다. 또한 그는 황제들의 죽음
을 보았다. 그의 형인 함풍제는 영불 연합군의 북경 침공 당시 열하
로 피란을 가, 그곳에서 죽음을 맞았다. 당시 함풍제의 나이 서른한
살이었다. 함풍제의 아들이자 서태후의 아들인 동치제가 천연두, 혹
은 매독으로 죽은 나이는 열아홉 살이었다.

두 황제의 불행은 이른 나이의 죽음이 아니었다. 보다 더 큰 불행
은 그들이 살아 있던 당시의 일이었다. 두 황제, 즉 아비와 아들에게
공통적으로 존재하였던 불행은 아내이며 어미인 서태후였다. 서태
후는 권력을 위해서 무엇이든 할 수 있었고, 실제로 무엇이든 했다.
이제 새 황제가 될 광서제, 그에게 서태후라는 존재는 염라대왕이나
마찬가지였다. 서태후는 그를 죽일 수도 살릴 수도 있었다.

광서제 연간에 서태후의 성미는 더욱 불같아져, 화를 내고 즐거워하는
것을 아무렇게나 하였다. 한번은 환관 한 사람이 서태후를 모시고 장기를

두고 있었는데, 생각 없이 "소인, 마마의 말을 하나 죽이겠습니다"라고 말했다. 그러자 서태후는 불쑥 대로하여, "그럼, 나는 너의 집안 전체를 죽여버리지!"라고 소리치고는, 그 가련한 환관을 당장 끌고 나가 때려죽이게 했다.

위의 에피소드는 푸이가 그의 자서전 『내 인생의 전반부』 중에 소개한 것이다. 얼마나 신빙성이 있는 이야기일까. 서태후의 성품이 잔학하였던 것은 널리 알려진 사실이다. 비단 환관 하나의 목숨을 거두는 예에서만이 아니라, 권력을 위해서라면 그녀는 그 어떤 잔혹한 일도 서슴지 않았다. 그녀는 함풍제가 총애했던 한족 여인을 함풍제 사후에 팔다리를 잘라 항아리에 담가놓는 식으로 죽였다고 전해지며, 자신의 며느리이자 동치제의 황후는 냉궁에 가둔 채 먹을 것을 주지 않아 아사시켰다고도 하고, 훗날 광서제의 후궁인 진비는 우물에 던져 생매장시켰다고 한다. 풍문과 사실이 뒤섞여 있는 이와 같은 전언들에는 잔혹한 서태후라는 진실이 있다. 이쉬안은 누구보다 그 사실을 잘 알았다.

이쉬안은 아들이 황제가 됨으로써 자신에게 다가온 거대한 권력을 단숨에 거머쥐는 대신, 오히려 그 모든 것을 놓아버려 아들을 안전하게 하고자 했다. 광서제가 황제가 되자마자 그는 일체의 관직을 내놓음으로써, 황제의 아비로서 자신에겐 아무런 야심도 없다는 것을 만천하에 드러냈다. 심지어는 황제의 아비에게 내려진 특권인 황색 마차조차 '감히' 타려고 하지 않았다. 그의 집 안에는 곳곳에 가훈이 될 만한 글귀들이 적혀 있었는데, 그중에는 "재산이 많고, 가진 것이 많으면, 훗날 자손들에게 미치는 화만 많을 뿐이다"라는 문구도 있었다. 그는 조심하고 또 조심하였으나, 아들인 광서제의 불행을 막을 수는 없었다. 불행 중 다행이라고 할까. 그는 광서제가 무술정변으로 제거되기 전에 세상을 떠, 아들의 참담한 불행을 친히 목격하지는 않아도 되었다.

푸이의 부친, 짜이펑은 푸이의 황제 임명과 함께 섭정왕으로 봉해졌다. 바로 그 이틀 뒤 서태후가 세상을 떠 그는 명실 공히 최고 권력자가 되었다. 그가 원했든 원하지 않았든, 권력은 그렇게 다가왔다. 그러나 어떤 방식으로 다가왔든, 권력은 비인간적이거나 반인간적이다. 권력은 권력의 속성만으로 움직이고, 그 속성에 헌신하는 자에게만 그 단맛을 알게 한다. 불행히도 섭정왕 짜이펑은 권력과 손을 잡기에는 지나치게 인간적이고, 지나치게 섬약한 인물이었다. 의지가 없지는 않았으나 그 의지를 실현시킬 만한 용기, 냉정함, 혹은 비인간적인 그 어떤 것…… 그런 것이 없었다. 당황하는 순간마다 심하게 말더듬이가 되었던 그는, 말을 더듬는 것처럼, 난국의 순간들을 힘겹게 더듬지 않으면 안 되었다. 그가 섭정왕의 지위에 머물렀던 시간은 황제와 마찬가지로 약 삼 년, 그러나 삼백 년처럼 길었던 그 시간 동안, 그는 군벌의 난을 겪고, 혁명을 겪고, 그를 암살하려는 혁명 당원의 습격을 받고, 마침내는 왕조의 완전한 몰락을 겪었다. 그 삼 년 내내, 말을 더듬지 않고도 하루를 보낼 수 있었던 시간이 있었을지 알 수 없는 일이다. 마침내 섭정왕의 지위를 내놓으면서, 그는 이러한 말을 남긴다.

"이제부터야말로 나는 집에 돌아가 어린 아들을 안게 되었다!"

권력의 무상함을 깨달은 자의 의연한 말이라고 여기기에는, 오히려 그 말의 여운이 쓰다. 큰아들인 황제를 난세의 벌판에 홀로 두고 저 혼자 자연인으로 돌아가 작은아들을 끌어안는 아비라니! 물론 그가 아무리 강하였다 하더라도 거침없이 돌아가고 있는 역사의 방향을 돌릴 수는 없었을 터이다. 그렇더라도 난세일수록 보다 더 강한 자가 필요한 것만은 사실이다.

순친왕은 천성이 선량하고 사람들을 대하는 것이 친절해 쉽게 가까이 다가갈 수 있는 사람이다. 그는 경극을 열렬히 좋아했고, 정무를 처리하는 것은 좋아하지 않았으며, 책임을 지는 것을 원하지 않았다. 어쩔 수 없이 그런 상황이 발생했을 때에도 그는 망설이기 일쑤였고 주위의 눈치를 살

필 뿐, 자기의 주장이라고는 없었다. (……) 그에게는 치국의 재능이라고는 없었고, 마음이든 몸이든 활력이 없었고, 군신들은 그에게서 어떤 위엄도 느끼지 못했다. (……) 세간에서는 청나라가 섭정왕으로부터 시작하여 섭정왕으로 끝난다는 말이 돌았다.*

그와는 전혀 달라서 대단히 권력 지향적이었던 그의 아내는 왕조의 부활을 위해 기울였던 모든 노력이 전부 실패로 돌아가자 아편을 먹고 스스로 목숨을 끊는데, 어린 아들에게 남긴 유언이 "너의 아버지와 같은 사람은 되지 마라"였다. 그녀와 그녀의 어린 아들들……그들 중의 누군가는 어미의 유언처럼 푸이의 복위에 인생 전체를 걸었고, 또 누군가는 아비의 소망처럼 정치와는 절대로 가까이하지 않은 채 소박한 인생을 살았다. 푸이의 오른팔 역할을 했던 동생 푸제는 푸이와 함께 소련 포로수용소에 억류되었었고, 역시 푸이와 함께 중국으로 송환되어 전범수용소에 수용되었다. 그는 푸이보다도 일년을 더 복역하고 석방이 된다. 그리하여 그는 마지막 황제 푸이를 다루는 모든 역사기록과 문학작품들에 중요 인물로 등장을 하게 된

---

* Reginald F. Johnston, 『紫禁城的黃昏』. 청나라가 북경을 점령하여 통일중국을 이룬 것은 순치제 시기이다. 그때 고작 여섯 살이었던 황제를 대신하여 섭정왕 도르곤이 실질적인 권력을 누렸다.

다. 그러나 짜이펑의 말년까지 아비의 곁을 온순하게 지켰던 푸런(溥仁)은 그에 대해 관심을 갖는 자들에게만 남겨진 인물이다. 그들 중 누가 더 행복하였을까와 같은 어리석은 질문은 하지 말자. 인생의 길은 누구에게나 화려하고, 누구에게나 소박하며, 누구에게나 쓰고, 달다.

순왕부는 현재 국가종교사무국으로 사용되고 있어 일반인들은 그 내부를 관람할 수 없다. 그러나 순왕부의 화원은 쑹칭링(宋慶齡)의 고거로 이름을 바꾸어 관광객들에게 개방되고 있다. 화원이라고는 하지만 그 자체가 대저택으로, 섭정왕 짜이펑도 말년에 경제적 사정이 어려워졌을 때는 화원으로 거처를 제한하여, 그곳에서만 머물렀다.

쑹칭링은 신해혁명 이후 중화민국의 대총통이 된 쑨원(孫文)의 아내이며, 혁명가이다. 쑨원은 신해혁명 직후, 짜이펑을 만나기 위해 순왕부를 방문한 적이 있다. 짜이펑이 섭정왕 직위를 순순히 내놓음으로써 국가가 또 한 번 맞닥뜨릴 수 있었던 변란을 피하게 한 것에 대해 감사를 표하는 짧은 만남이었는데, 물론 이때까지만 하더라도 쑨원은 미래의 자신의 아내가 그곳에서 살게 될 줄은 알지 못했을 것

쑹칭링

이다. 쑹칭링은 스물두 살 나이에 자신보다 스물일곱 살 연상인 쑨원과 결혼을 하여, 쑨원의 정치적 동반자가 되었다. 1925년 쑨원이 죽은 후에도 그녀의 혁명활동은 계속되어 국가 부주석을 역임했고, 1981년 여든아홉 살의 나이로 세상을 뜰 때에는 국가명예주석의 영원한 호칭을 얻었다. 그녀가 순왕부를 관저로 쓴 것은 1963년도부터 사망 때까지였다.

현재의 쑹칭링 기념관에서, 한때 짜이펑이 살았고 푸이가 머물렀던 흔적을 찾아볼 수는 없다. 그러나 쑹칭링은 저물어가는 왕조의 뒤에서 거침없이 또하나의 세상을 열어갔던 근대의 사진이다. 푸이가 명목뿐인 황제로 자금성을 지키고 있을 때, 그리고 만주국 황제가 되어 제국주의 일본의 괴뢰로 살아갈 때, 중국은 또하나의 세계를 열기 위해 온몸으로 피를 흘렸다. 장제스(蔣介石)의 국민당과 마오쩌둥의 공산당은 연합과 결별을 거듭한 끝에 공산당 정권으로 통일되었고, 장제스는 대륙에서 쫓겨났다. 쑹칭링은 사회주의 중국의 국모이면서, 장제스와도 떼려야 뗄 수 없는 관계에 있다. 그녀의 친여동생인 쑹메이링(宋美齡)이 장제스의 부인이기 때문이다. 송씨 집안 세 자매는 중국의 근대사에서 보여지는 수없이 많은 이야기들 중에서도 가장 드라마틱한 이야기를 선사하는 인물들이다. 세 자매의 첫째이면서 쑹칭링의 언니인 쑹아이링(宋靄齡)은 중국을 뒤흔드는 재벌과 결혼을 하여 재계를 주무른 여자로 명성을 날렸다. 말하자면 당시 중국의 모든 권력과, 모든 재화가 그들 세 자매와 어떤 방식으로든 손을 잡고 있었다고 말할 수도 있는 것이다.

"아이링은 돈을 사랑하고, 메이링은 권력을 사랑하고, 칭링은 나라를 사랑했다(靄齡愛錢, 美齡愛權, 慶齡愛國)."

민간에서 그들 세 자매를 향해 하는 이와 같은 말이 모든 진실을 다 말하는 것은 아닐 것이다. 그렇더라도 쑹칭링이 오늘날까지도 중국인들에게 '영원한 여인'으로 남아 있게 된 것만큼은 사실이다.

八. 동교민항―치욕의 그늘

중국의 근대, 서구 열강은 전쟁과 침략으로 중국 대륙을 갈가리 찢어 놓았을 뿐만 아니라 내정에 있어서도 모든 방식으로 간여를 하였다. 근대사에 있어 외세를 무시한 중국은 이미 있을 수 없었다. 그러므로 동교민항은 사실 나라 속의 나라를 넘어 나라 위의 나라라고 해도 과언이 아니었을 것이다.

푸이가 퇴위를 한 것은 1912년 2월, 그러나 그가 황궁에서 쫓겨난 것은 그로부터 거의 십삼 년 뒤인 1924년 11월의 일이다. 그 십삼 년 동안 푸이는 황제의 존호를 유지하면서 '궁 안의 황제'로 살았다. 그 시간 동안 그는 아이에서 소년이 되었고, 소년에서 청년이 되었다. 그리고 왕조의 부활에 대한 꿈은 그의 전부가 되었다.

　　그러나 종말은 아무런 예고도 없이, 너무나 느닷없이 찾아왔다. 1924년 군벌 간의 쟁투중에 북경을 점령하고 스스로 대총통이 된 직례군벌 펑위샹(馮玉祥)은 총통과 함께 존재하는 황제의 존호를 더이상 용납하지 않았다. 황실의 해체작업은 경고도 예고도 없이 최후통첩으로부터 시작되었다. 11월 5일 오전 아홉시, 펑위샹은 자금성을 총구로 겨눈 채 황실은 더이상 존재하지 않을 것임을 선언했다. 그는 황제와 황실의 모든 사람들에게 당장 궁을 떠날 것을 요구했는데, 그때 황실에 주어진 시간은 고작 세 시간이었다. 최초이며 최후인 통첩을 받은 순간으로부터 고작 세 시간. 그 통첩이 날아오던 때, 푸이는 황후 완룽의 거처인 저수궁에서 완룽과 함께 과일을 먹으며 담소를 나누고 있었다. 그는 내무부 대신을 통해 전달되어온 통첩을 보았고, 막 한입을 베어물었던 사과 조각을 삼키지 못한 채 바닥으로 떨어뜨렸다. 바닥에 떨어져 으깨어진 사과…… 그것은 푸이가 자금성에서 먹은, 혹은 삼키지 못한 마지막 음식이 되었다.

푸이는 그렇게 자금성으로부터 쫓겨났다. 그를 순왕부까지 호송한 평위샹의 부하장수 루중린(鹿鐘麟)은 순왕부의 문 앞에 푸이를 내려주면서 작별의 인사로 허리를 굽히는 대신, 손을 내밀어 악수를 청했다. 그리고 그는 푸이를 폐하라 부르는 대신, 선생이라 불렀다.

"푸이 선생, 오늘부터 당신은 황제입니까, 아니면 보통 사람입니까?"*

그 잔혹한 질문 앞에서 푸이의 대답에는 선택의 여지가 없었다. 푸이는 앞으로 자신이 평민으로 살아가게 될 것이라고 대답했다. 그러

----

* 푸이, 『내 인생의 전반부』.

나 바로 그 순간부터 황제의 꿈은 더이상 나른한 환상의 영역에 있지 않았다. 다시 황제가 되기 위해서 그는 이제 피를 흘리지 않을 수 없을 것이다.

누구나 그런 것처럼 푸이에게도 그 순간에 가장 필요한 것은 '그의 편'이었다. 십육 년 동안 황제로 살았으나, 한 번도 권력을 가져보지는 못했던 이 명목뿐인 '황제'에게 가장 믿을 수 있었던 '그의 편'은 누구였을까. 당시 푸이가 가장 믿고 의지했던 사람은 그의 영국인 가정교사 존스턴* 이었다. 자금성에서 쫓겨나기 직전, 생이 절벽 끝처럼 급박했던 순간에도 푸이가 가장 절박하게 찾은 사람은 바로 존스턴이었다.

존스턴은 스코틀랜드 출신의 영국인으로, 옥스퍼드 대학에서 동방문학과 역사를 전공하여 문학석사 학위를 받았다. 중국으로 건너온 후에는 홍콩 총독의 개인비서로서 활동하다가 리훙장(李鴻章)의 아들인 리징마이(李經邁)의 추천에 의해 푸이의 영어 가정교사가되었다. 그러나 그는 푸이에게 영어만 가르친 것이 아니라, 그가 알고 있는 서방의 문명, 모든 것을 가르쳤다. 좋은 것이든 나쁜 것이든 그러했다. 중국에 어마어마한 아편을 쏟아붓고, 그것도 모자라 아편

---

* Reginald Fleming Johnston, 중국명 좡스둔(莊士敦).

동교민항 * 치욕의 그늘

전쟁을 일으키고, 그리하여 마침내 홍콩을 뺏어가기까지 한 영국이
사실은 '신사의 나라'라는 것을 가르친 것도 그였다.

푸이가 존스턴에게 얼마나 경도되어 있었는지는 도처의 예에서 보
인다. 존스턴이 청나라인들의 변발이 돼지꼬리 같다고 말하자마자 푸
이는 자신의 변발을 잘라버렸다. 그는 황궁에서 도망쳐 존스턴의 나
라, 영국에서 선진문명을 공부하고 싶어했고, 존스턴이 황실의 보물
관리가 허술하다고 지적하자마자 보물의 목록을 만든다고 궁을 발칵
뒤집어놓기도 했다. 이로 인하여 궁의 공공연한 도적들인 환관들은 궁
에 불을 지르고, 푸이는 환관 모두를 궁 밖으로 내쫓아버리기도 한다.

그러나 궁에서 쫓겨난 푸이가 존스턴에게 절박하게 매달렸던 것은
존스턴 개인에 대한 믿음만은 아니었다. 존스턴의 뒤에는 동교민항
이 있었다. 영국과 미국과 프랑스와 독일, 그리고 일본과 러시아 등,
중국에 진입한 모든 외세의 대사관들이 모여 있던 곳, 그리하여 '나
라 속의 나라(國中之國)'로까지 일컬어졌던 곳. 중국의 근대, 서구
열강은 전쟁과 침략으로 중국 대륙을 갈가리 찢어놓았을 뿐만 아니
라 내정에 있어서도 모든 방식으로 간여를 하였다. 근대사에 있어 외
세를 무시한 중국은 이미 있을 수 없었다. 그러므로 동교민항은 사실
'나라 속의 나라'를 넘어 '나라 위의 나라'라고 해도 과언이 아니었
을 것이다.

동교민항은 천안문 광장에서 전문동대가(前門東大街)를 좇아 한 블록 위로 뻗어 있는 긴 거리이다. 천안문 광장에서 황홀하게 셔터를 눌러대는 관광객들은 자금성의 화려한 풍모에는 당장에 매혹되지만, 몇 걸음만 옆으로 돌리면 진입할 수 있는 동교민항 쪽으로는 거의 발길을 옮기지 않는다. 그러나 그곳은 북경시가 지정한 역사문화보호구역으로, 근대의 흔적들은 그곳에 가장 참혹한 이야기로 남아 있다.

　　과거의 대사관들은 오늘날에는 국가기관들이나 사유지로 점유되어 더이상 과거의 모습을 고스란히 보여주지는 않는다. 러시아 공사관은 인민대법원의 부지가 되었고, 일본 대사관은 인민정부가 쓰고 있으며, 독일 대사관은 수도대반점이 되었다. 20세기 초반 열 군데가 넘었던 대사관들은 지금은 유적지임을 알리는 표지석으로만 남아 있어 당시 전통적인 중국풍과 서양풍을 절묘하게 혼합하여 또다른 풍취를 보여주었던 유적지 자체의 아름다움을 구경할 수는 없다. 그러나 동교민항의 이야기는 바로 그 무심한 듯한 거리에 있다. 1900년 서양인의 씨를 말려버리겠다며 일어섰던 의화단은 그 거리를 통째로 두 달간 포위했었다. 중국 근대사에 있어 가장 참혹하고, 가장 수치스러운 사건으로 기록되는 의화단의 난을 기억하기 위해 동교민항의

동교민항

끝, 동당(東堂)이라 불리우는 가톨릭 성당이 묵묵히 서 있다.

철도를 파괴하고 교회를 불태우고 신도들을 살해하는 등, 서양 문물에 대한 가차 없는 공격을 기치로 내세운 의화단운동의 최종 목표는 멸양(滅洋), 즉 중국으로부터 일본을 포함한 서구 외세를 완전히 몰아내는 것이었다. 서양인들은 양구이쯔(洋鬼子, 서양 귀신) 혹은 양마오쯔(洋毛子, 서양 도적)로 불렸으며, 서양인 중 남자 하나를 죽이면 오십 냥, 여자를 죽이면 사십 냥, 아이를 죽이면 삼십 냥의 상금이 내려질 것이라고 공공연히 선전되었다. 일본인은 둥양구이쯔(東洋鬼子)로, 기독교를 믿는 중국인은 얼마오쯔(二毛子)로 똑같은 취급을 받았다. 나중에는 안경을 꼈다거나, 연필을 소지했다는 이유로, 혹은 시계가게나 향수가게의 점원 등도 서양 문물을 추종한다는 이유로 처단의 대상이 되었다. 그들은 의화권이라는 권법을 전파했고, 이 권법과 함께 주문을 외우면 칼이나 총탄도 비켜나갈 수 있다고 믿었다. 산동에서 출발하여 텐진을 거쳐 북경까지 의화단이 장악을 했을 때, 의화단을 믿은 것은 외세의 침탈로 인해 삶의 밑바닥이 흔들린 일반 백성들뿐만 아니라, 외세의 내정간섭으로 인해 자신의 권력을 침해받은 권력자들 역시 마찬가지였다. 성의 도처에 의화단의 신단이 마련되었고, 의화단의 단복을 입은 사람들이 거리를 메웠다. 일찌감치 의화단이 되지 못한 사람들은 술법을 통과하여 자신의 결백을 증명하지 않으면 안 되었다. 주문을 외우며 종이에 불을 붙인 후 그 재가 하늘로 솟으면 무사통과였으나, 불행히 그 재가 땅으로 떨어지면 그는 얼마오쯔로 증명이 되어 그 자리에서 목숨을 잃어야 했다. 황제와 황후를 모시던 환관들까지도 그 시험을 피해갈 수는 없었다. 덕령이 기록한 서태후의 회고를 보자.

"하루는 단왕이 의화단의 대장을 이화원에 데리고 와서는 대전의 정원에 환관들을 모두 모아놓고 말하기를 환관들의 이마에 십자가 표시가 있는지 없는지를 조사해야 한다는 것이었다. 그 십자가는 보통 사람들의 눈에는 보이지 않는 것이지만, 그의 눈에는 뚜렷이 보인다고 했다. 그렇게 해서 두 명의 환관이 기독교인으로 지목되었고, 결국 그들에 의해 살해되었다. 그 이튿날 환관들은 모두 빨간색 두건을 매고 각반을 차고 황색 바지를 입어, 의화단의 복장을 하고 있었다. 기가 막힌 일이었지만, 그들은 내게까지도 의화단의 옷을 가져다주었다."*

서태후를 이 년 동안 보좌한 후, 그 기록을 여러 가지 방식으로 남긴 덕령의 글에는 고증되지 않는 장면들이 군데군데 포함되어 있는

---

* 덕령, 「청나라 궁중에서의 생활」.

것으로 알려져 있다. 그러나 서태후가 의화단을 배척하지 않았을 뿐만 아니라, 그 세력을 이용해 자신의 권력을 강화하고자 했던 것은 분명한 사실이다. 그녀는 의화단이 동교민항을 공격하는 것을 묵인했으며, 영국 프랑스 등 서구 열강 팔 개국을 향해서는 선전포고를 하기까지 했다. 당시 서태후는 자신에게 반발하여 유신혁명을 기도했던 광서제를 폐위하고 위의 인용문에서 나오는 단왕의 아들로 새 황제를 삼고자 했으나, 서구 열강의 반대에 부딪혀 그 뜻을 이룰 수 없었다. 단왕은 의화단을 궁중으로 이끌고 들어와 광서제가 서양에 협력한 얼마오쯔라는 구실로 그를 살해하려고까지 했다. 황제의 아비가 되고 싶은 단왕의 욕망이 서구 열강에 대한 서태후의 분노에 불을 붙였다. 단왕은 의화단이 위대한 술법으로 양인들의 총탄을 피할 수 있다고 서태후를 설득했고, 서태후는 짐짓 그 말을 믿고 싶었다. 술법이 거짓이라면 어떻단 말인가. 권력의 정상에서 몇십 년을 살아온 그 여자는 백성의 힘이 얼마나 위대한 것인가를 누구보다 잘 알고 있었을 것이다. 그러나 그녀가 몰랐던 것은 그 위대한 힘이 자신의 권력을 위해 존재하는 것은 아니라는 사실이었다. 의화단은 예정된 실패를 안고, 서구의 총탄 앞에서 소멸했다.

서태후가 북경을 버리고 도망간 후, 북경으로 진입한 팔 개국 연합군은 동교민항을 의화단으로부터 해방시키는 것과 동시에, 약 천칠백여 명에 이르는 중국인들을 의화단 혐의자로 몰아 그날 하루에 살해했다. 그리고 곧바로 약탈이 이루어졌다. 자금성과 이화원은 물론, 동교민항 내에 있던 관청들이 약탈의 대상이 되었다. 일본군은 호부의 창고를 털어 명나라 시기부터 내려온 보물들을 모두 가져갔으며, 한림원의 『사고전서』 『영락대전』 등, 그 위대한 유물들 역시 완전히 털어가버렸다. 영락제 시기에 집대성된 『영락대전』은 원래 이만 이천팔백칠십칠 권의 방대한 양의 백과사전이었으나, 명말에 소실된 후 약 팔백여 본의 부본이 남아 한림원에 소장되어 있었다. 그러나 팔 개국 연합군의 침공 후, 남아 있는 『영락대전』은 단 한 권도 없었다.

당시 현장에 있었던 영국인 외교관 푸트넘 윌(Putnam Weale)은 훗날, 「경자년 대사관 포위기庚子使館被圍記」라는 글을 남겼는데, 그 글 속에는 약탈자들의 모습이 생생하게 그려져 있다.

북경에 입성한 프랑스군이 막 황궁으로 들어가려던 찰나, 뜻밖에 황궁의 진입을 금지한다는 명령이 떨어졌다. 군인들 사이에서 당장 소동이 일어났다. 그들은 얼굴이 달아올라 분노에 찬 목소리로 외쳐댔다. "만일 이 나라의 재물을 약탈할 수 있는 보상이 주어지지 않는다면, 우리가 그 끔찍한 더위와 먼지 속에서 죽을 것 같은 피로를 무릅써가며 그 고생을 한 이유는 무엇이었단 말인가?" 황궁을 약탈하고자 하는 욕망은 모든 군대가 다 마찬가지였다. 특히 뒤늦게 도착한 군대일수록 그 초조감을 숨길 수가 없었다. 그들은 눈에 불을 켜고 정신없이 서둘러 걸으면서 길에서 만나는 사람들에게마다 묻기에 바빴다. "미국인, 프랑스인 들이 벌써 궁에 들어갔나? 궁이 벌써 전부 털린 건 아니겠지? 설마 궁을 벌써 불태워버린 건 아니겠지?"

자금성이 봉쇄된 것은 팔 개국 연합군이 북경에 입성한 최초의 날로부터 사흘 후의 일이었다. 팔 개국의 이권이 서로 충돌을 하면서 부득이 황궁을 봉쇄하기에 이른 것인데, 이는 중국으로서는 그나마 다행인 일이라 하지 않을 수 없을 것이다. 그러나 자금성이 봉쇄된 후에도 약탈이 완전히 끝난 것은 아니었다. 자금성이 봉쇄되면서 군대의 진입은 금지되었으나, 참관 명목의 출입은 허용되었다. 참관은 곧 도둑질을 의미했다. 윌은 그의 책에서 러시아 부대가 자금성을 관광하던 당시의 풍경을 묘사해놓았는데, 8월 중순, 염천의 더위 한낮에, 러시아 군인들은 모두 긴 소매의 코트를 입고 머리에는 삿갓 같은 모자를 쓰고 있었다고 전한다. 그들은 자금성의 보물들을 닥치는 대로 소매 속이나 주머니 속, 심지어는 모자 속에까지 집어넣었다. 도둑질에는 계급도 없었다. 부대원들의 참관을 인솔하였던 두 명의 장군은 서태후의 침실에 놓여 있던 장식품과 보물들을 그야말로 '싹쓸이'해, 침실을 완전히 청소해버렸다. 무거운 몸을 뒤뚱거리며, 땀을 뻘뻘 흘리며, 자금성에서 돌아나오던 그 참관자들의 얼굴에는 "득의만면한 미소가 가득 번져 있었다". 이와 같은 추태는 러시아군에게만 국한된 것이 아니었다. 러시아 군대에 이어 독일 군대가, 그리고 일본 군대가 같은 방식의 약탈을 진행했다. 자금성뿐만 아니라, 닿을 수 있는 모든 곳에 대해 그러했다. 의화단의 시체가 산더미처럼 쌓여 썩어가던 8월의 밤, 주인을 잃은 궁과 관청의 담마다 보따리를 메고 담을 넘는 서양인들의 모습이 줄을 이었다.

의화단의 난은 신축조약으로 이어졌다. 이 조약을 통해, 중국은 각국에 사억 오천만 냥의 백은을 배상해야 할 뿐만 아니라, 북경에 군대를 주둔시킬 수 있는 권리도 인정해야 했다. 그리하여 서구 열강은 최종적으로, 중국의 심장에까지 이르렀다. 동교민항은 다시 대사관 구역으로 회복되었을 뿐만 아니라, 그 일대 전체에 높은 담을 쌓고 포대를 설치하여 중국인의 접근을 금하였다. 허가 없이 동교민항에 접근하는 중국인에게는 총격을 가할 것이라는 경고장도 붙었다.

동교민항의 안쪽에는 청나라 황족의 성(性)인, '애신각라' 씨의 제당이 있었다. 동교민항에 담장이 설치된 후, 제당 역시 그 담장 안에 갇혀버렸다. 황제는 제사를 지내기 위해 동교민항의 출입증을 끊어야 했다. 청 황실은 별수 없이 제당을 동교민항 밖으로 옮겨야 했으니, 치욕은 당대에만 있지 않고 청나라를 연 누르하치에게까지 이르렀다.

애신각라 씨의 발원지는 백두산, 중국식으로 말하자면 창바이산 기슭이다. 백두산의 북쪽에서 일어난 청나라에나 백두산의 남쪽에서 일어난 조선에나 근대는 감당할 수 없는 치욕의 시대였으나, 백두산은 정기를 품은 채 여전히 그곳, 시대보다 높은 곳에 있었다. 그로부터 백 년이 지난 21세기, 중국은 다시 세계의 중심이다.

1949년 2월 3일, 인민해방군의 북경 입성식이 거행되었을 때, 마오쩌둥과 저우언라이(周恩來) 등의 거대 초상화를 실은 지휘부 차량은 정양문을 통과해 곧바로 천안문으로 직진하는 대신 오른쪽으로 방향을 틀어 동교민항으로 진입했다. 동교민항은 인민해방군의 휘날리는 홍기 아래에서 제국주의의 흔적에 완전한 종지부를 찍었다. 그러나 완전한 것은 아무것도 없다는 것을 중국은 또다시 온몸으로 경험하게 될 것이다. 제국의 싸움, 그것이 황제의 제국이든, 아니면 자본의 제국이든 한 나라의 자존은 결국 제국 간의 싸움 사이에 놓여 있다. 중국은 동교민항을 잊지 않을 것이고, 끝없이 강해지고자 할 것이다. 강해지고자 하는 것의 욕망에 마지노선은 없다. 설령 그 스스로가 또하나의 제국이 된다고 하더라도.

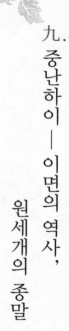

九.
중난하이—이면의 역사,
원세개의 종말

영원한 권력, 황제의 꿈은 그가 잠드는 밤마다 중난하이, 그의 잠자리를 찾아왔을까.

그렇다면 그것은 혹시 저주가 아니었을까.

© 남

마지막 황제 푸이는 사실은 마지막 황제가 아니다, 라는 이 모순에 가득 찬 말은 그러나 사실 그대로의 말이다. 푸이의 뒤에 또 한 명의 황제가 있었기 때문이다. 이른바 중화제국의 홍헌제, 원세개가 바로 그이다.

　청나라를 멸망시키고 푸이의 퇴위를 주도한 장본인인 원세개는 신해혁명 직후 정국의 안정을 희망한 쑨원의 결단으로 중화민국 정부의 임시총통 자리를 거머쥔다. 황제의 길로 가는 첫번째 관문이었다. 수없이 많은 혁명가와 민중의 피로 이뤄낸 신해혁명이 성공하여 중화민국이 열릴 때까지 원세개는 단 한 방울의 피도 혁명의 과정에 보탠 것이 없었다. 그가 흘린 것은 오직 타인의 피뿐이었다. 그는 권력의 정상에 오르기 위하여 푸이를 퇴위시켰고, 그전으로 거슬러올라

중난하이 * 이면의 역사 · 원세개의 종말

가면 광서제의 유신혁명 거사를 밀고하여 그를 허깨비 황제로 만들었으며, 다시 훗날로 넘어가면 강력한 총통 후보였던 쑹자오런(宋敎仁)을 상하이 기차역에서 총격하여 암살하는 등, 자신의 정적들을 가차 없이 제거했다.

왕조의 시대에 태어나 권력의 정상으로 오른 그는 근본적으로는 왕정주의자일 수밖에 없었으나, 이념은 권력 앞에서 무의미했다. 그는 모든 가능한 권력들, 즉 유신파가 득세할 때는 유신파에게, 공화주의자가 득세할 때는 공화주의자에게 자신의 헌신을 맹세했다.* 모든 가치와 모든 도덕과 모든 양심이 배제된, 오직 권력에 대해서만 그는 완벽히 '순수'했다. 불안한 정국의 시기, 승리는 대개 보다 강력한 욕망을 가진 자에게 속했다.

1913년 신헌법에 의한 대총통선거가 국회에서 실시되자 원세개는 이른바 '공민단'이라는 불량배들을 국회 주변에 풀었다. 천 명에 가까운 공민단들은 각기 몽둥이와 무기 등을 소지한 채 국회를 겹겹이 포위하고 원세개에 대한 지지를 무력으로 시위했다. 1차 투표 결과 원세개의 표가 규정된 표수에 미달됐다. 의원들은 점심을 먹은 후 2차

---

* 유신혁명 전 원세개는 수차에 걸쳐 자신이 유신 이념에 동조한다는 것을 밝혀 광서제와 그 측근들에게 신뢰를 얻었다. 그러나 결정적인 순간이 왔을 때는 유신파의 혁명계획을 밀고했다. 신해혁명 전후에는 공화주의자들에게 물질적인 지원을 하거나, 동조의 의사를 적극적으로 밝혔다.

투표를 실시할 예정이었으나 공민단들은 국회를 봉쇄하고 의원들이 국회 바깥으로 나오는 것을 막았다. 원세개를 총통으로 뽑지 않는다면 '굶어 죽어도 마땅하다'는 것이 공민단의 외침이었고, 그들은 실제로 국회 안으로 음식은 물론 마실 물이 공급되는 것까지 차단했다. 의원들은 별수 없이 2차 투표를 개시했으나 여전히 원세개의 표는 충분하지 않았다. 하루 종일 아무것도 먹지 못한 의원들은 허기와 피로, 무엇보다도 공포에 떨며 다시 3차 투표를 속개했다. 무사히 집으로 돌아갈 수 있는 방법은 원세개를 총통으로 뽑는 것뿐이었다. 밤 열시 원세개는 마침내 헌법에 규정된 표를 얻어 '임시총통'이라는 딱지를 떼고 헌법이 규정한 '중화민국 제1대 대총통'이 되었다. 그리고 의원들은 비로소 집으로 돌아가 아직도 살아 있음을 감사하며, 갈증과 허기진 배를 채웠다.

마침내 제국이 사라진 시대의 최고 권력인 대총통의 자리에 올랐음에도, 그러나 원세개에게는 아직도 부족한 것이 남아 있었다. 말하자면 영원한 것, 순간의 권력이 아니라 영원한 권력…… 선거나 규정 따위로 좌지우지되지 않는 것, 감히 신의 이름을 빌려 말할 수 있는 것…… 그 유일한 것은 바로 황제의 칭호였다. 보다 높은 곳이 아니라, 가장 높은 곳에 이르기 위하여 원세개는 황제가 되기를 꿈꾸었다.

공화국의 총통 자리에 있는 동안 원세개는 중요한 것을 하나 배웠다. 그것은 바로 '민의(民意)'라는 것이었다. 새로운 시대에는 무엇보다도 그것이 필요했고, 그것을 얻을 수 없다면 만들어내기라도 해야만 했다. 그리하여 중국 각지에서 제국 부활을 주장하는 각종의 '청원단'이 조직된다. '상회 청원단' '상무총회 청원단' '교육 청원단' 등뿐만이 아니라, '인력거 차부 청원단' '기녀 청원단', 심지어는 '거지 청원단'까지 생겨났다. 국회에서는 청원단들의 청원에 기초하여 제국 부활의 찬반을 묻는 국민대표회의 투표를 실시하는데, 이 투표의 결과 제국 부활의 찬성표는 구십구 퍼센트도 아니고, 구십구 점구 퍼센트도 아니고, 백 퍼센트였다. 기권도 무효도 없이, 백 퍼센트. 이 선거기간 동안에 후베이에서는 '용의 뼈(龍骨)'라 불리우는 화석이 발견된다.* 이른바 '천자'의 탄생이었다.

아직 황제가 되기 전, 원세개는 총통부를 중난하이(中南海)로 옮기고 관저 역시 그 안에 마련했다. 자금성의 서쪽에는 광대한 호수가 있어 요나라 시대부터 그 호수를 태액지라 불렀는데, 호수를 구분하여 남쪽은 난하이(南海), 북쪽은 베이하이(北海), 그리고 가운데를 중하이(中海)라 칭했다. 요나라부터 금나라를 거쳐 원나라에 이르기

---

* 훗날 가짜로 밝혀진다.

까지 북경을 점령한 유목민족들은 성의 한가운데 있는 호수에 열광했다. 호수는 끝없이 확장되었고, 황궁의 건물들이 호수 주변으로 화려하게 건축되었다. 명나라에 이르면 호수의 동쪽에 자금성이 건설되고, 태액지는 서원이라 불리우며 황제의 별궁으로 변모한다. 원세개의 밀고에 의해 모든 권력을 박탈당하며 폐위의 위기에까지 몰렸던 광서제는 바로 그곳, 태액지의 영대(瀛台)에서 유폐생활을 했고 마침내 그곳에서 고독한 죽음에 이르렀다. 광서제는 임종 직전, 훗날 섭정왕이 되는 푸이의 생부 짜이펑에게 마지막 유언을 적은 쪽지 한 장을 남겼다고 한다.

"원세개를 죽여라."*

민간에 광범위하게 퍼져 있는 위의 이야기는 고증이 되지 않는 속설로 전해지지만, 광서제에게 원세개를 죽여야만 하는 이유는 분명히 있었고, 짜이펑 역시 원세개를 죽이기 위해 각고의 노력을 했던 것은 사실이었다. 원세개는 그의 친형의 원수였으며, 무엇보다도 국가의 우환이었다. 그러나 짜이펑은 원세개의 군사력을 두려워한 나머지 그를 죽일 수 있던 기회를 놓쳤고, 그로부터 삼 년 후 원세개는 자신이 죽인 것이나 마찬가지인 광서제의 '유택'으로 입성을 한다.

---

* 푸이는 자서전에서 그가 알고 있는 한 그런 일은 없었다고 말한다.

영원한 권력, 황제의 꿈은 그가 잠드는 밤마다 중난하이, 그의 잠자리를 찾아왔을까. 그렇다면 그것은 혹시 저주가 아니었을까.

황제가 되고자 하는 결심을 굳힌 후, 원세개의 잠자리가 불안해졌다. 그는 매일 아침마다 신문을 탐독하며, 자신이 황제가 되기를 바라는 여론을 확인하고서야 밤의 불안을 잊었다. 그러나 뛰는 놈 위에는 나는 놈이 있었으니, 원세개가 아침마다 보았던 신문은 가짜였다. 원세개만큼이나 황제가 되고 싶었던 원세개의 장자 원극정(袁克定)은 혹여라도 '나쁜 여론' 때문에 아버지의 마음이 바뀔까봐 원세개가 즐겨 읽고 신뢰하던 순천시보를 조작해서 원세개에게 읽혔다. 이 거짓말 같은 일화는 원세개의 친딸인 원정설(袁靜雪)의 회고록(「一生經營 獬猻散盡」)에 상세히 소개되어 있다.

순천시보는 당시 북경에서 많이 팔리던, 일본인 발행의 한자신문이었다. 부친은 공무 이외의 시간에는 항상 그 신문을 열중하여 읽곤 했다. 이 가짜 신문을 진짜로 믿고 본 것은 부친뿐만 아니라 우리 가족 모두가 마찬가지였다. 어느 날 몸종 하나가 자기 집에 다녀오는 길에 내가 좋아하는 간식거리를 길에서 사왔는데, 그 간식거리를 포장한 종이가 바로 순천시보였다. 무의식중에 그 신문을 본 나는 그 신문의 논조가 우리들이 항상 보던 것과 다르다는 것을 발견했다. 이상한 생각이 들어 집에 있는 그날치

건청궁의 보좌

© 류지훈

신문을 가져다 비교해보니, 두 신문은 날짜만 같을 뿐 대부분이 다른 내용으로 채워져 있었다.

딸에 의해 자신이 줄곧 읽어온 신문이 가짜라는 것을 알게 된 원세개의 심정은 어떠했을까.

부친은 더할 수 없이 분노하여 무릎을 꿇고 용서를 비는 큰오빠를 가죽혁대로 내리치기 시작했다. 아비를 속이고 나라를 망치는 놈이라는 욕설이 혹독한 매질 한 번마다 같이 울렸다.

아비를 속이고 나라를 망치는 놈이라는 원세개의 호된 호통에 틀린 말은 없었다. 그러나 그 아들은 그 아비의 자식이었다.

원세개는 황제의 자리에 오르기도 전, 즉위에 앞서, 마침내 진실로 민의라 할 만한 것들과 정면으로 부딪치기 시작했다. 그의 정치적 동지들은 등을 돌렸고, 민중들은 곳곳에서 시위를 벌였다. 이루고 싶은 모든 것을 이루었으나, 잠자리는 편안해지지 않았다. 원세개는 신통하다고 소문난 풍수가를 불러 중난하이의 풍수를 보았다. 도사는 중난하이는 역대 왕조의 기가 서려 있어 더할 나위 없이 아름답고 완벽한 곳이지만, 다만 한 곳의 기가 흐트러져 있다고 말했다. 이 흐트러진 기를 모으지 않으면 향후 큰 풍파를 면하지 못하리라고도 했다. 그러면 어떻게 할 것인가? 중난하이의 정문인 신화문 바로 옆에 변소를 세워야 한다는 것이다.[*]

그리하여 변소가 세워졌다. 원나라 때는 황궁이었으며, 명나라 청나라를 거쳐서는 황제가 가장 사랑했던 이궁이었으며, 오늘날에는 국가 주석의 사무처와 관저로 이용되는 중난하이의 정문에.

허난성 출생으로 1859년에 태어난 원세개는 청년 시절까지만 하더라도 그리 두각을 나타내는 존재가 아니었다. 그는 지방에서 열리는 향시에조차도 두 번이나 낙방을 했다. 향시를 통과한 선비들만이 중앙에서 열리는 회시에 참가할 수 있었고, 회시를 통과해야만 관리로서의 길이 열렸다. 향시는 삼 년에 한 번씩 열렸으니, 두 번씩이나 연거푸 낙방을 한 원세개가 그동안 자신이 지어놓았던 시문들을 전부 불살라버리며 다시는 과거를 보지 않겠다고 선언한 것도 실은 비분에 찬 행동이기보다는 자신의 주제를 잘 파악한 일이라 하겠다. 그

---

[*] 劉成禺, 『洪憲紀事詩本末』. 저자는 중화민국 당시 국회원을 역임했고, 국민당 정부 시절에는 국사관 관장을 역임한 사람으로 위의 일화는 그가 직접 보고 들은 것을 바탕으로 하였다.

렇더라도 치욕은 오래 남아, 훗날 그는 과거제도를 폐지하는 장본인이 된다.

원세개는 어려서부터 글 읽는 것보다는 나가 노는 것을 더 좋아하는 소년이었고, 그것은 청년이 되어서도 마찬가지였다. 그는 어디서든지 사람을 모았고, 어느새 그들의 지도자가 되곤 했다. 사람을 자기편으로 만드는 능력으로만 말한다면 원세개는 타고난 정치가였다. 가진 것이 아무것도 없던 청년 시절에도 그는 그의 정치인생 동안 평생을 함께 가게 될 동지들을 만났고, 그들에게서 어떤 종류의 것이든 신뢰를 얻어내곤 했다. 상하이에서 만난 기녀는 무일푼이었던 그에게 자신의 재산을 털어주었고, 원세개에게 절개를 맹세했다. 원세개 또한 이 여인의 신의를 잊지 않았다. 심씨 성을 가졌던 이 여인은 원세개가 죽는 날까지 본처보다 더한 지위를 누렸으며, 열 명이나 되는 원세개의 처첩들 중 수장 노릇을 했다.

한낱 낙방거사에 불과했던 원세개의 인생이 백팔십 도로 달라지는 것은, 당시 경군의 통령이었던 오장경(吳長慶)의 막하에 들어가면서부터이다. 당시 오장경은 집안의 인맥을 통해 자신을 찾아온 원세개를 그리 달갑지 않게 여겼던 것으로 보인다. 오장경은 원세개에게 일을 맡기는 대신 선생을 붙여주어 공부를 하게 함으로써 이 성가신 손님에 대한 예의를 대충 끝내고자 했다. 과거시험과는 영원히 결별하겠다고 스스로 선언까지 했던 원세개로서는 실망스러운 일이 아닐 수 없었을 것이다. 그러나 원세개의 능력은 다른 데 있었다. 그는 오장경이 붙여준 그의 선생 장건에게 신뢰를 얻었고, 오장경의 막료들에게 역시 마찬가지였다.

　내가 그에게 제재를 내고 팔고문을 지어보라고 하면, 그는 형편없는 문자들을 섞어 문장다운 문장은 제대로 만들어내지도 못하는 형편이었다. 그러나 어쩌다 업무를 처리해야 하는 명령이 떨어지면 그는 마치 오랫동안 숙달된 사람처럼 일사천리로 그 일을 처리해내곤 했다.*

　공부는 형편이 없었고 군사적인 용맹이 있었던 것도 아니었으나, 그는 사람을 다룰 줄 알았고 권모술수가 무엇인지 알았으며, 무엇보다도 엄청난 욕망이 있었다. 훗날, 원세개가 황제에 오르기까지 요직을 맡아가며 충실히 그의 오른팔 노릇을 하게 되는, 그러나 당시에는 그의 선생이었던 장건은 원세개의 재기와 투지에 감동하여 그를 중히 쓸 것을 오장경에게 권고하기에 이른다. 그리하여 원세개는 드디어 물을 만난다.

---

　* 張謇, 「嗇翁自訂年譜」.

그에게는 사람을 자기편으로 만드는 능력만 있었던 것은 아니다. 그보다 더 중요한 것이 있었다. 그는 도덕과 윤리, 말하자면 인간적이라 말할 수 있는 모든 것들로부터 완전히 자유로웠다. 정치가 오직 욕망이기만 하다면, 그런 점에 있어서 원세개에게는 부족한 것이 없는 셈이었다. 그러나 아무리 뛰어난 정치가라고 하더라도, 필요한 기회라는 것이 있는 법이다. 원세개에게 그 기회는 조선이었다.

오장경의 막하에 들어간 이듬해인 1882년에 조선에서는 임오군란이 일어난다. 난의 진행과정에서 일본인이 살해된 것을 꼬투리로 삼아 일본 군대가 조선으로 진입하자, 청나라 역시 부랴부랴 군대를 파병했다. 원세개는 그때 오장경의 수하로 조선에 들어왔다. 원세개는 조선에서 자신이 무엇을 해야 하는지 알았다. 그는 조선이 자신에게 기회의 땅이 되리라는 것을 알았고, 그 기회를 놓치지 않기 위해 전력을 기울였다. 당시의 그의 생각이 어떠했는가는 그가 중국의 가족들에게 보냈던 편지 속에 자세히 드러나 있다.

"내가 비록 중원에서는 크게 쓰일 만한 자격을 얻지 못했으나, 적어도 고려(조선)에서라면 능히 병권을 장악할 수 있을 것입니다. (……) 일단 업적을 쌓기만 한다면, 조선의 왕 역시 나를 가벼이 보지는 못할 것입니다. (……) 조선의 왕 이희는 어리석고 무능한 자이니, 내가 정권을 장악하는 것은 손바닥을 뒤집듯 쉬운 일일 것입니다."*

　임오군란 당시 조선에 최초로 발을 디딘 후, 원세개는 그후 십이 년 동안이나 조선에 있었다. 그 십이 년 동안, 그는 임오군란의 처리 과정에 개입하고, 대원군의 납치를 현장에서 주도했으며, 갑신정변 때는 개혁파들이 장악하고 있던 궁에 포를 겨누었고, 난을 피해온 고 종에게 그의 거처를 며칠 동안 피란처로 제공하기도 했다. 갑신정변 후, 그는 잠시 중국으로 귀환하지만 채 일 년이 지나지 않아 다시 조 선으로 돌아온다. 환국하는 대원군을 호송하는 자격이었고, '주찰조 선총리교섭통상사의'라는 긴 이름의 벼슬을 달고서였다. 열두 자나 되는 위의 벼슬이 뜻하는 바는 극히 간단했다. 그것은 '조선에서의 모든 권력'이었다. 그후, 1894년 중국으로 영구 귀국을 할 때까지 원 세개는 조선에서 가장 강력한 권력이었다.

　감국대신으로서의 원세개가 조선의 근대에 미친 영향력을 상세히 다 말할 수는 없다. 그의 스승인 장건은 「조선선후육책朝鮮善後六 策」이라는 상소문을 쓴 바 있는데, 그 요지는 청의 종주권을 강화하 기 위하여 조선 국왕을 폐하고, 조선은 청의 일개 성으로 복속시켜야

---

* 襟霞閣 註編, 「袁世凱家書」.

한다는 것이었다. 장건은 오장경에게 원세개를 조선에 데려갈 것을 권한 사람이며, 그 역시 원세개와 함께 오장경의 파병부대를 쫓아 조선에 온 사람이었다. 장건의 생각은 곧 원세개의 생각이기도 했을 것이다. 실제로 원세개는 끝없이 조선의 국왕을 폐해야 한다는 의견을 밝혔고, 1886년에는 고종 폐위 책동을 실제로 추진하기도 했었다. 그는 조선의 외교권을 간섭하여 청의 허락 없이는 외국에 조선의 공사관을 설립할 수 없다고 주장, 1887년, 조선 최초의 주미 공사단 일행은 모든 외교 업무를 청나라에 먼저 보고하겠다는 굴욕적인 조약을 맺은 후에야 미국으로 떠날 수 있었다. '영약삼단(另約三端)'이라고 불리는 이 조약 중에는 '조회나 공적 사적 연회에 참석하게 되면 조선 공사는 청국 공사 다음 자리에 앉는다'는 어처구니없는 내용도 들어 있었다.

어처구니없는 것이 그뿐일까. 원세개는 궁중에 입궐할 때 다른 나라 외교관들이 궐문 밖에서부터 마차에서 내려 궁 안으로 걸어들어간 것과는 달리, 임금의 앞에 이르기까지도 가마를 내리지 않았다. 국왕을 알현할 때에는 서 있어야 했지만, 그는 자기 마음대로 착석하곤 했다. 국왕에게는 삼국궁(三鞠躬), 즉 허리를 세 번 굽혀 예를 올려야 했으나, 그는 자신과 동급자에게나 하는 삼읍례(三揖禮)를 올림으로써 조선의 국왕을 의도적으로 무시했다.

원세개가 조선에서 '권력 위의 권력' 노릇을 하던 십이 년 동안, 조선은 '죽음보다 더 깊은 잠' 속에 있지 않으면 안 되었다. 모든 개화의 노력, 모든 자주적 노력은 원세개의 감시 앞에서 좌절되었다. 1880년대와 1890년대, 조선은 이미 모든 열강들이 다투어 그 이권을 빼앗아가려고 노력했던 각축의 장이었으나, 그중에서도 가장 강력한 권력을 누렸던 것이 그 스스로가 이미 찢길 대로 찢겨 산산조각이 난 '종이호랑이' 청나라였다는 것은 참으로 아이러니한 일이 아닐 수 없다. 그렇더라도 원세개는 이 슬픈 근대의 나라 조선에서 그의 정치적 실험을 성공적으로 마쳤으며, 빛나는 경력을 쌓았다. 그는 성공했고, 조선에서의 성공은 그에게 보다 강력한 지위를 약속했으며, 그 결과 중국은 역사상 가장 수치스러운 인물에게 끝없는 권력을 주었으며, 마침내 그 인물의 창끝에 심장을 찔렸다.

원세개에게는 열 명의 아내와 서른두 명의 자식이 있었는데, 열 명의 아내 중 세 명은 조선 여인이었고 서른두 명의 자식 중 열다섯 명이 그 조선 여인들의 소생이었다. 원세개가 황제가 되면서 태자의 자리 또한 의론이 분분하게 되었는데, 응당 태자로서 일 순위로 거론될 만한 장자 원극정은 말을 타다 넘어져 불구자가 된 상태였다. 원세개가 심중에 태잣감으로 생각했던 둘째 아들과 다섯째 아들은 전부 조선 여인의 소생이었다. 마지막 황제 푸이와 정략결혼을 시키려고 시도했던 딸 원정설도 조선 여인의 소생이었다.

원정설의 회고에 의하면, 그의 어머니 김씨는 민비의 인척으로 원세개가 조선에 부임하고 있던 당시에 조선 왕실에서 원세개에게 준 여인이라고 한다.* 김씨는 원세개와 혼인을 하면서 몸종들을 데리고 왔는데, 원세개는 김씨뿐만 아니라 이 몸종들까지 한꺼번에 첩으로 삼아버렸다. 심지어는 나이순을 좇아 김씨보다 나이가 많은 몸종 이씨를 서열상 김씨보다 더 높은 순위에 두었다. 당연히 정실이 되는 줄 알고 시집을 갔던 김씨는 자신이 첩에 불과할 뿐만 아니라, 자신의 몸종보다도 더 낮은 처지가 되었다는 것을 알고는 하늘이 무너져 내리는 것 같은 심정이었을 것이다. 죽음 같은 굴욕이 그녀를 기이한 성격의 소유자로 만들었다. 보통 때 그녀는 누구하고나 잘 사귀었고, 화를 낼 줄이라고는 전혀 모르는 사람처럼 굴었으나, 한번 화가 나면 원세개의 장기판을 뒤엎어 물에 내던질 정도로 막무가내였는데, 원세개의 부인 중 누구도 감히 그런 짓을 하는 사람은 없었다.

---

* 이에 대해서는 김씨가 아니라 사실은 민씨였다는 등 여러 가지 다른 이야기들이 존재한다.

일 년에 한 번, 생일 때가 되면 그녀는 홀로 구슬피 울었다. 그녀는 원세개를 쫓아 중국으로 건너온 후, 다시는 조선에 돌아가지 못했고, 그녀의 친정 부모를 만나지도 못했다. 그녀의 친정 부모는 딸의 불행한 처지를 비관한 끝에 자살과 급사로 생을 마감했다.

중난하이는 현재 주말마다, 수속을 거친 일반인들에게 일부 참관이 허용되고 있다. 원세개의 총통부가 있었고, 장작림의 대원수부가 있었으며, 북양군벌의 국무원 등이 또한 그 안에 있었다. 국민당 시절에는 '북평군 분회'가 있었고, 중화인민공화국이 세워진 후에는 마오쩌둥, 저우언라이, 류사오치(劉少奇) 등이 이곳을 거쳐갔다. 동쪽의 자금성이 과거의 역사를 보여주고 있다면, 서쪽의 중난하이는 오늘의 역사, 아니, 어쩌면 미래의 역사를 보여주고 있는 것인지도 모른다.

원세개는 1916년 1월 1일에 즉위한 후, 3월 23일에 퇴위했다. 그의 정치적 동지들은 그에게 총구를 겨누었고, 민중들은 아무도 '중화제국'의 '홍헌제'에게 존경심을 보이지 않았다. 팔십여 일간의 황제 재위기간 동안, 그는 중국 전체와 싸우지 않으면 안 되었고, 마침내 패배의 백기를 올렸다. 가장 높은 곳에서의 패배는 나락이다. 그는 더이상 올라갈 수 없을 정도의 높은 곳을 원했고, 마침내 그곳에 이르러 나락으로 추락했다. 황제의 자리에 올랐고 또한 황제의 자리에서 물러난 그해 6월, 원세개는 세상과도 작별을 한다. 사인은 당뇨. 그러나 보다 직접적인 사인은 아마도, 모든 것을 잃어버린 자의 어지러움이었을 것이다.

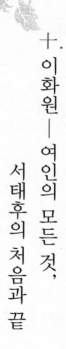

十. 이화원 — 여인의 모든 것,
서태후의 처음과 끝

역사는 그녀에 대해 더 많은 것을 알기를 원한다. 한 가지 분명한 것은, 그녀의 야심찬 말에도 불구하고, 역사는 그녀 혼자만의 손에 의해 움직이지 않는다는 것이다. 그녀의 가장 큰 실패는 어쩌면 바로 그것을 알지 못했다는 데에 있었을지도 모른다.

1903년, 8월 5일. 태후를 친견하는 날이 밝았다. (……) 밤새 내렸던 비가 그친 후, 주위의 모든 것들이 상쾌하게 빛나는 아침이었다. 흰 옥석으로 포장한 도로는 촉촉이 젖어 아침 햇살에 반짝이며 마치 흐르는 물처럼 빛이 나고, 도로 양편으로 끝없이 펼쳐진 옥수수밭과 밀밭은 짙은 녹색으로 출렁였다. 멀리 남회색으로 빛나는 하늘 아래 겹겹이 겹쳐 있는 산들이 보이기 시작하자, 드디어 그 속에서 이화원이 모습을 드러냈다. 그 절경은 넋을 잃을 정도로 아름다운, 그야말로 한 폭의 그림과 같았다.

위의 글은 미국의 여류 화가 캐서린 칼이 쓴 『금원황혼禁苑黃昏——一個美國女畫師眼中的西太后』에 나오는 내용이다. 그녀는 1903년과 1904년에 걸쳐 약 구 개월 동안 서태후의 곁에 머물며 초상화를 그렸는데, 위의 글은 그녀가 서태후를 만나러 가는 첫날의 풍경이다.

그날, 긴장과 두려움에 사로잡혀 모든 것이 낯설었던 이 여인에게 이화원은 한 폭의 그림처럼 아름다운 궁전으로, 그리고 그 궁전의 늙은 주인인 서태후는 놀랄 만큼 젊어 보이는 매력 만점의 여인으로 다가왔다.

태후가 올해 이미 예순아홉 살이나 된 노인이라는 것을 만일 알지 못했다면, 나는 그녀를 곱게 나이가 든 마흔 살 정도의 여인으로만 보았을 것이다. 과부인 태후는 전혀 화장을 하고 있지 않았기 때문에 그녀의 얼굴은 건강하고 자연스러운 붉은빛으로만 빛나고 있었다. 겉모습의 단정한 아름다움 이외에도, 그녀는 자신의 얼굴색과 어울리는 장식품을 완벽히 갖춤으로써 자신의 신비한 용모를 더욱 젊어 보이게 만들고 있었다. 그러나 이와 같은 모든 외관적인 특성들보다 더욱 중요한 것은, 그녀가 주위를 향하여 보이는 깊은 관심, 그리고 뚜렷하게 드러나는 이지적인 면모들이었다. 그것은 그녀를 남들과는 구분짓는 그녀만의 비범한 매력이었다.

사진을 찍기 좋아하고 자신의 초상화를 그리기를 좋아했던 서태후는 오늘날까지도 생전의 그녀의 모습들을 대단히 많이 남겨놓았다.

위의 글을 쓴 캐서린 칼의 초상화 역시 남아 있는데, 화가의 눈에 비친 서태후가 얼마나 매력적이고 아름다운 여자였는지는 그녀의 글보다 그 그림이 더욱 웅변적으로 증명하고 있다. 그림 속의 서태후는 그 시기에 함께 남겨진 사진 속의 그녀보다 훨씬 더 젊고 훨씬 더 아름다우며 매력적이다. 초상화의 사실성보다 더욱 중요한 것은 그 그림 속에 들어 있는 이야기일 텐데, 캐서린 칼은 아무래도 서태후의 매력에 완전히 매혹되어버린 듯하다. 왜 그랬을까.

캐서린 칼은 당시 세관 관련 일을 하고 있던 오빠를 쫓아 중국에 와 머물고 있던 중이었다. 그녀는 당시 중국 주재 외국인들이 대개 그러했던 것처럼 궁중에서 일어나는 일들에 관한 모든 이야기들, 소문과 사실에 대해 들었을 것이다. 서태후가 권력을 장악하기 위해 했던 일들, 잔혹한 살인과 모략에 관한 이야기들은 대개는 과장되어 있었겠지만, 그 대부분은 사실을 근거로 한 것들이었다. 무엇보다도 의화단의 난 당시 서태후가 보였던 서구 제국에 대한 적대행위는 현지의 외국인들에게는 야만과 참혹한 폭력, 그 이상의 것이 아니었다. 그런데 캐서린 칼이 서태후의 매력에 심취된 것은 자신이 이제까지 알았던 모든 정보의 그릇된 측면들을 파악했기 때문이 아니라, 오히려 그 반대의 측면 때문이었을 것으로 보인다. 말하자면 소문 속의 괴물이 그녀의 앞에 인간의 모습으로 나타난 것이다. 그녀는 아마도 혼란을 느꼈을 것이고, 혼란이 깊을수록 이미지가 강화되었을 것이다. 그리하여 나로서는, 다른 어떤 사진들이나 초상화들에서보다 캐서린 칼의 지나치게 젊고 아름다운 서태후의 초상화에서 오히려 더 그 강력한 여인의 내면의 힘이 보이는 듯하다. 진짜인 것은 보다 완벽히 속에 숨어 있다. 더군다나 그것이 권력과 정치에 관한 것이라면, 더욱더.

이화원은 북경의 북서쪽에 위치한, 자금성으로부터 십오 킬로미터 거리에 떨어져 있는 황제의 별궁이다. 황제가 머물며 휴양과 정무를 동시에 돌보는 이와 같은 별궁들을 중국인들은 황제원림(皇帝園林), 혹은 황가어원(皇家御苑)이라 불렀다. 자금성의 바로 곁에 붙어 있는 중난하이와 베이하이가 이에 속하며, 멀리는 연암 박지원이 글을 남겨 유명한 열하의 피서산장이 그러하고, 1860년 영불 연합군 침공 당시 파괴된 원명원이 또한 그러하다. 청나라 시기에는 이화원과 원명원을 포함, 향산, 옥천산 등 북경 북서부에 위치한 산을 끼고 있는 다섯 개의 황제원림을 삼산오원(三山五園)이라고도 불렀다. 현재 북경에 속해 있는 황제원림 중, 이화원은 외국인 관광객들에게 가장 선호를 받는 곳인데, 거대한 호수 쿤밍호를 둘러싸고 있는 신비하고 아름다운 건축물들이 뿜어내는 정취 이외에도 중국 왕조 역사의 마지막 흔적이 이곳에서 가장 생생하기 때문이다.

서태후는 노년에 접어들면서 일 년의 절반 이상, 길게는 구 개월 가까이 이화원에 머물렀다. 그녀는 뱃놀이를 즐겨 거의 매일같이 배를 띄워 호수의 섬과 호수의 산기슭에 이르러 그곳에서 점심을 먹거나 차를 즐기곤 했다. 이화원은 원래 청나라 건륭제 시기 1750년경에 건축되어 줄곧 청의원(淸漪園)이라는 이름으로 불렸으나, 서태후가 광서제에게 권력을 이양하고 명목상으로나마 정치 일선에서 물러날 당시 이화원으로 개명하고 그녀의 은퇴 후 주거주지로 삼았다. 이화원의 '이화(頤和)'는 천 년 동안 천하태평을 이룬다는 뜻을 함축하는 글자로, 자금성 내에 있는 이화헌으로부터 따온 것이다. 이화헌은 청나라 역사상 가장 오래 권좌에 머물렀던 건륭황제가 그의 평화로운 노년을 준비하던 곳이다. 그러므로 서태후가 청의원을 이화원으로 개명한 데에는, 무거운 정치적 의무를 손에서 놓고 평화롭고 고요한 노년을 그곳에서 누리겠노라는 뜻을 드러낸 것이라고도 할 수 있겠다. 열여덟 살에 함풍제의 후궁으로 입궁하여 광서 15년 그녀의 나이 쉰다섯 살에 정권을 광서제에게 물려줄 때까지, 그녀는 동치제 당시의 수렴청정을 포함하여 적어도 이십팔 년 동안 중국 최고의 권력자였다. 그사이 그녀는 남편의 죽음을 겪었고, 피 말리는 정권 투쟁을 겪은 끝에 자신의 아들을 황제의 자리에 올려놓았으며, 그 아들이 죽자 또다른 황제를 세워 권력을 계속 유지해갔다. 몇 번의 외침과 가혹한 내란을 겪었으나, 권력의 유지라는 측면에서는 성공적인 삶이었다. 그러니, 그녀에게 남은 것은 평화로운 은퇴뿐이었다. 적어도 1889년 광서 15년 당시에는. 그리고 겉으로 보여지는 한에 있어서는.

오늘날 이화원을 방문하는 관광객들은, 만일 관광일정이 조급하여 서둘러 볼 것만 보고 부리나케 떠나야 하지만 않는다면, 이백 년 전 태후의 심정으로 돌아가 여유로운 발걸음으로 이화원의 호숫가를 산책할 수 있다. 물론 당신을 수행하는 환관과 궁녀도 없을 것이고, 당신의 발걸음이 피곤해지는 순간에 맞춰 대령하는 가마와 노 젓는 배도 없겠지만, 기분만이라도 어떠하랴. 호숫가를 걷는 동안 나타나는 수없는 전각들이 잠시 동안 당신의 걸음을 쉬게 할 것이다. 전각에 머물러 다시 호수를 바라다볼 때, 누군가는 나처럼 '참으로 거대하고 위대하다'는 생각이 들지도 모른다. 거대한 것은 물론 그 어마어마한 넓이에 있고, 그 어마어마한 넓이를 결코 지루하게 느끼게 하지 않는 조화로운 구성에 있다. 위대한 것은, 그 거대한 곳에 서린 모든 오욕의 역사를 끌어안고도 그곳이 여전히 거기에 의연히 머물러

이화원의 겨울 풍경

있다는 사실이다. 역사의 위대함이 선의로 충만한 사건들로만 해석되는 것이 아닐 수 있다면, 분명히 그곳은 위대하다.

이화원에 얽힌 가장 치욕스러운 일화는 1894년 청일전쟁 당시에 서태후가 전쟁에 써야 할 해군의 군비를 이화원의 증축에 유용함으로써, 결과적으로 청일전쟁의 패배를 자초했다고 전해지는 이야기이다. 이 일화는 서태후의 탐욕과 부패와 파렴치함을 극단적으로 드러내는 것이기도 하다. 당시의 중국 해군인 북양함대는 세계적으로도 몇 손가락 안에 드는 현대적 군대였으며 아시아에서는 최강이었다. 그러나 일본의 공격 앞에서 북양함대는 힘 한번 제대로 써보지 못하고 모두 격침되었다.

청일전쟁의 패배와 이화원에 유용된 군비의 관계, 다시 말하면 서태후의 책임에 대해 현대 사가들은 민간에 떠도는 속설을 그대로 채용하고 있지는 않다. 이화원의 증축에 유용된 군비는 북양함대의 패전에 결정적인 영향을 미치지는 않았다는 근거들이 계속 제기되고 있거니와, 군비 유용의 책임이 서태후에게 있는 것만은 아니라는 주장도 제기되고 있다. 그러나 확실한 것은 서태후 정부가 군비 확장을 위해 아무런 노력도 하지 않았다는 사실이다.

당시 서태후의 하루 지출은 문은(紋銀) 사만 냥에 도달했다. 이것은 갑오전쟁 당시의 순양함 한 척을 살 수 있는 정도의 돈이었다. 만일 두 달 치의 지출을 합친다면 주력선을 한 대 살 수 있었고, 일 년 치를 합친다면 최소한 세계적으로 육칠 위급 안에 드는 해군 함대를 이룰 수도 있는 정도였다. 그러나 그 모든 돈은 서태후의 권력 유지와 품위 유지비로만 쓰였다. 서태후의 품위 유지와 사치가 어느 정도에 이르렀는가는 자금성 내에 그녀의 전용 기차가 설치되었을 정도였다는 데에서도 알 수 있다. 그것은 궁문 입구부터 서태후의 침궁까지 이르는 궤도열차였다. 서태후에게는 약 열 대가량의 전용 차량도 있었는데, 서태후는 결코 그 차량을 이용하려고 하지 않았다. 운전기사의 자리가 태후의 자리와 나란히 있었기 때문에, 그 불경함을 용서할 수 없었던 것이다.

이화원의 증축에 관한 재미있는 해석 중의 하나는, 이화원의 증축이 사실은 서태후에게 보다 더 아름다운 집을 지어주어 그녀가 다시는 정치 일선으로 돌아오고 싶지 않게 만들고자 했던, 광서제 측근의 어리석은 기대에 있었다는 것이다. 이 해석을 받아들인다면, 이화원은 도대체 얼마나 아름다워야 했을까. 그리고 그 여인은 도대체 얼마나 두려운 존재였던 것일까. 분명한 것은 서태후는 모든 것을 가진 여인이었고, 모든 것을 할 수 있었으며, 실제로 그렇게 했다는 것이다.

중국 왕조의 여인 잔혹사 중, 적어도 세 손가락 안에 드는 이름들이 있다. 그 첫번째 이름은 한나라를 연 유방의 황후, 즉 여황후이다. 유방이 항우를 물리치고 천하를 제패하기까지 강력하고도 결정적인 내조자였던 여황후는 그 잔혹한 면에 있어서도 과감하기가 그지없었다. 유방이 말년에 사랑한 후궁이었으며, 여황후의 아들 대신 유방이 태자로 삼고 싶어했던 유여의(劉如意)의 어머니 척부인은 여황후에 의해 팔다리가 잘리고 눈코가 도려내어져 변소간에 던져짐으로써 참혹한 죽음을 맞이했다. 훗날 사람들은 이를 두고 '인간돼지(人猪)'라고 이름을 붙여, 그 참혹함을 역사적 단어로 만들었다. 여황후는 이 인간돼지의 끔찍한 몰골을 자신의 아들인 황제에게 직접 목격하게 했는데, 선하고 심약했던 한나라 2대 황제 유영(劉盈)은 어미가 저지른 만행에 말문이 막혔다가 문득 방성대곡하며, "이것은 사람이 할 짓이 아닙니다. 내가 비록 당신의 아들이라 당신을 어찌할 수는 없겠으나, 앞으로 내가 무슨 낯이 있어 천하를 다스리겠습니까"라고 울부짖었다. 그후, 황제는 술만 마시다가 오랜 시간이 지나지 않아 결국 세상을 떴다.

　　여인 잔혹사 중, 가장 위대하고 가장 잔혹한 이름을 올려놓은 여인

은 측천무후이다. 당태종 이세민의 후궁으로 궁에 들어왔으나, 훗날
에는 태종의 황후가 되는 것이 아니라 태종의 아들인 고종의 황후가
되는 측천무후는 그 출발부터가 비범하다. 당태종은 자신의 사후, 아
들들이 서로 대권을 경쟁하여 참혹한 골육상쟁이 일어날 것을 염려
하여, 아들 중에서도 가장 유약하고 선량한 아홉번째 아들에게 황제
의 자리를 물려주었다. 자신부터가 형제를 죽이고 천하를 차지했던
당태종이었다. 그는 아들 세대에 있어서는 다시는 그와 같은 일이 일
어나지 않기를 바랐다. 역사의 아이러니는 뜻밖의 곳에서 발생한다.
이 선량하고 유약한 당고종은 자기와 비슷한 여인을 사랑하는 대신,
자신과는 전혀 다른 여인, 아버지의 후궁을 사랑했다. 강하고 과감한
여인, 망설임이 없는 여인, 그 여인이 바로 측천무후였다.

측천무후는 태종의 후궁에서 고종의 후궁으로 자리를 옮긴 후, 황
후를 제거하고 마침내 여인으로서 오를 수 있는 최고의 자리에 오른
다. 그 과정에서 그는 황후를 모함하기 위해 갓 낳은 자신의 딸을 베
개로 눌러 죽였다는 혐의를 받는다.* 그것이 사실이냐 아니냐는 항
상 역사가들이 고증을 위해 진땀을 빼는 부분이다. 그러나 중요한 것
은 그것이 진실이든 아니든, 사람들이 그 이야기를 믿는다는 사실이

---

* 자신의 아이를 죽인 후, 그 살해 혐의를 황후에게 씌워 폐위시켰다고 전해진다.

다. 측천무후는 잔혹했고 강했다. 인간으로서는 상상할 수 없는 방법을 통해 마침내 황후의 자리에까지 오른 그녀는 자신의 아들들을 또한 차례차례로 제거한다. 위대한 군주가 되리라고 촉망받았던 첫째 아들은 태자의 자리에 있던 중 독살했고, 그의 뒤를 이어 태자가 된 둘째 아들은 조작된 모함에 빠뜨린 끝에 귀양을 보내 그곳에서 죽게 했으며, 마침내 황제의 자리에 오른 세번째 아들은 고작 두 달 뒤에 폐위를 시켰다. 마지막으로 네번째 아들이 남았다. 그는 형제들이 그에게 준 교훈을 잊지 않았다. 그리하여 그는 어머니를 대신해 권력을 휘두를 생각이 없었고, 정치의 중심에 서려고도 하지 않았다. 그는 이름뿐인 황제로 측천무후가 누리고자 하는 모든 권력을 묵묵히 인정했다. 그리고 마침내 그녀에게 황제의 자리를 내놓았다. 그가 할 수 있는, 그가 해야 할 최후의 임무였다. 그리하여 측천무후는 중국 역사상 유일무이한 여황제가 되었다. 그녀는 당나라를 폐하고 주나라를 열었다.

이제 세번째 여인, 서태후가 있다. 그녀는 여황후의 교훈과 측천무후의 교훈을 골고루 받아들였다. 남편이었던 함풍황제의 애첩은 팔다리를 잘라 몸통만 남긴 채 항아리에 담갔고, 며느리는 굶어 죽게 만들었으며, 광서제의 애첩 진비는 우물에 던져 죽였다. 그의 친아들인 동치제의 죽음도 추문에서 자유롭지 못하다. 동치제가 매독에 걸렸음에도 서태후는 천연두 약을 처방하게 지시함으로써 동치제를 결국 죽음까지 몰아갔고, 간신히 회복하는 듯하던 동치제의 병상 앞에서 며느리의 머리채를 휘어잡아 내동댕이치는 포악함을 보임으로써 충격을 받은 동치제가 절명을 하는 상황에까지 이르게 만들었다고 전해진다. 그녀가 죽기 하루 전 세상을 뜬 광서제의 죽음 역시, 서태후의 모살이었을 것이라는 해석이 지배적이다.

역사의 일화들이 모두 근거를 갖고 있는 것은 아니다. 수백 년 수천 년 전에 묻힌 이야기들이 고스란히 증거를 남기고 있으리라고 믿는 것은 어리석은 일이다. 그러나 이야기는 구전의 힘을 갖고 있다. 이야기는 이야기로 물려지고, 이야기로 대를 잇는다. 후대의 학자들이 여러 가지 정황 근거와 사료들을 통하여 구전된 이야기의 허구적인 측면들을 밝혀내곤 하지만, 그렇더라도 이야기는 사라지지 않고 오히려 살이 붙는다.

그러나, 흥미진진한 모든 이야기들 중에도 주목하지 않으면 안 될 부분이 있는 법이다. 그 잔혹한 여인들은 잔혹해서 유명한 것이 아니라, 강력한 통치자였기 때문에 유명하다는 사실이다. 여황후는 유방을 도와 한나라를 여는 데 결정적인 기여를 한 일등공신이며, 측천무후는 흔들림 없는 통치력으로 나라의 번영을 이룬 위대한 황제였다. 정치는 근본적으로 비도덕적인 것이라는 말을 이미 한 적이 있다. 그들이 성공한 정치가였고, 훌륭한 통치자였다는 사실을 부정할 수는 없다. 다만 그들에게는 도덕이라는 것이 무의미했을 뿐이다. 그들의 도덕은 다만 승리와 통치와 번영에 있었다. 그 거대한 목표 앞에서 '긍휼하는 마음' 따위는 애시당초 존재하지 않았다.

서태후는 어떠했을까? 일흔네 살의 나이로 세상을 뜨기까지, 그녀는 사십칠 년 동안 최고 권력자였는데, 그중의 상당 시간이 수렴청정 기간이었다. 그녀는 측천무후처럼 직접 황제의 자리에 오르려는 시도를 하지는 않았으나, 언제나 황제보다 높았다. 동치제가 친정을 펼쳤던 일 년, 그리고 광서제가 마침내 친정을 할 나이에 이르러 수렴청정을 걷을 수밖에 없었을 때에도, 그녀는 황제보다 우선되는 결재권자였다. 광서제는 거의 매일 이화원으로 달려가 문안을 아뢰고, 각종 보고를 해야만 했다. 무술정변 당시, 광서제가 서태후를 제거해버리기로 계획했던 것은 광서제의 입장에서는 당연한 일이라 할 수 있을 것이다. 서태후가 살아 있는 한, 그는 영원히 서태후의 꼭두각시에 불과했다.

서태후는 열여덟 살에 신분이 아주 낮은 후궁으로 입궁하여 함풍제의 총애를 얻는 데 성공하고, 함풍제의 유일한 아들을 낳으며, 함풍제의 사후에는 각료 대신들과의 혈전 끝에 권력을 거머쥐었다. 그때 그녀의 나이 겨우 스물다섯에 불과했고, 입궁을 한 후로부터는 고작 칠 년이 흘렀을 뿐이었다. 말하자면 빛나는 성공이었다. 그리고 그 후 오십 년, 그녀는 단 한 순간도 빠짐없이, 황제보다 더 높은 여인이었다.

그녀가 죽은 지 백 년이 흘렀으나, 아직껏 그녀에 대한 재평가는 충분히 이루어지지 않은 듯하다. 그녀는 여전히 중국의 왕조를 끝장낸 통치자로, 잔혹한 악녀로, 무수한 소문의 이야깃거리로만 존재한다. 왕조의 멸망 후 중국이 겪은 체제의 변화가 너무 긴박하였기 때문일 것이다. 그녀가 일 년의 절반 이상을 머물며, 그토록 사랑했던 이화원을 다시 한 바퀴 돌아보도록 하자. 호숫가 어느 곳, 전각 어느 곳에선가 당신은 그녀의 야심찬 목소리를 들을 수도 있을 것이다.

나는 내가 세계에서 가장 현명한 사람이며, 그 누구도 나와 비교될 수 없다고 생각하곤 한다. 내 일찍이 영국의 빅토리아 여왕이 이룬 업적에 대해 들은 바 있지만, 그녀의 업적 역시 내가 이룬 것의 절반에도 미치지 못할 것이다. 빅토리아 여왕과는 달리 나는 아직 살아 있으며, 남은 생애 동안 누구도 짐작하지 못할 일들을 이루어낼 것이다. 영국은 세계적인 강국이다. 그러나 그것은 빅토리아 여왕 혼자서 이루어낸 것이 아니다. (……) 그러나, 나는 어떠한가? 수억의 백성들이 살아가는 이 나라에서 일어나는 모든 일들을 나는 나 혼자의 판단에 의거하여 처리해왔다. 비록

자금성의 해자에서 바라본 각루

대신들이 있다고는 하나, 그들은 긴박한 시기에는 결국, 내 최종적인 결정을 따를 뿐이었다. 황제에 대해서 묻는다면, 그가 대체 무엇을 알겠는가.[*]

인간 자희에게 내려지는 모든 부정적인 소문과는 달리, 그녀는 점진적인 유신정책들을 지지했으며, 외세의 침입에 극력 항거하였으며, 왕조의 최후의 수호자로서도 비록 부분적이나마 평가를 받기도 한다. 역사는 그녀에 대해 더 많은 것을 알기를 원한다. 한 가지 분명한 것은, 그녀의 야심찬 말에도 불구하고, 역사는 그녀 혼자만의 손에 의해 움직이지 않는다는 것이다. 그녀의 가장 큰 실패는 어쩌면 바로 그것을 알지 못했다는 데에 있었을지도 모른다.

---

[*] 덕령, 『청나라 궁중에서의 생활』.

十一. 류리창—서화의 향기

류리창은 말하자면 세상을 향한 창이었다. 글을 읽는 자와 글을 알고 싶은 자와, 글로써 출세하고 싶은 자, 세상을 알고 싶은 자들이 그곳에 모여들어 처음 만나는 사람들과도 뜻으로 소통하였다.

수레를 몰아 정양문을 나서서 류리창을 지나며 몇 칸이나 되냐고 물었더니 누가 대답하기를, 도합 이십칠만 칸은 된다고 했다. 대체로 정양문에서 선무문까지 가로 겹쳐 다섯 동리가 다 류리창이라고 하여 천하의 재화와 보물은 여기 다 몰려 쌓였다는 것이다.[*]

　1780년 건륭 45년에 조선 사신단을 쫓아 북경을 방문하였던 연암 박지원은 압록강부터 시작된 긴 육로여행 끝에 도성에 도착하자마자 류리창(琉璃廠)부터 먼저 찾아나섰다. 한 달 반에 걸친 여행 끝, 간신히 북경에 도착하여 겨우 행장을 풀고, 그 이튿날 숙소의 대문이

---

[*] 박지원, 「열하일기」, 리상호 옮김, 보리, 2004.

류리창 * 서화의 향기

209

열리자마자였다. 바로 두 해 전에 북경을 방문하였던 이덕무가 류리창의 책방에서 귀한 책을 많이 샀다고 자랑하는 말을 귀가 아프도록 들었던 탓이다. 무릇 글을 읽는 자로서, 마음이 가장 깊이 끌리는 곳이 어디겠는가. 더군다나 당시의 중국은 모든 새로운 문물의 시발지거나 전래처였다. 조선에서 가장 먼저 지동설을 주장하였던 홍대용은 1765년에 북경을 방문하였고, 조선 최초로 세례를 받은 이승훈은 1784년에 북경에서 씻김을 받았다. 발해가 우리 땅임을 주장한『발해고』의 저자 유득공은 1801년에 사신의 일행을 쫓아 북경을 찾았다. 유득공은 그의 북경 여행기를 '연대재유록'이라는 이름으로 남겼는데, 그 안에는 류리창에서 보낸 아름다운 시간들이 기록되어 있다.

(류리창의) 취영당은 특히 조촐한 서적을 가지고 있는 책방인데, 넓은 정원에 차양을 두어 햇볕을 따라 열고 닫곤 하며, (거기에) 교의 서너 개를 두었고, 탁자와 붓, 벼루 등을 청초하게 갖추어놓았다. 화분에는 월계화가 활짝 피었다.

초여름의 날씨가 심히 더워서 나는 날마다 수레를 삯 주고 빌려 취영당에 가서 답답증을 풀었다. 거기서 탕건 바람으로 교의에 기대앉아 마음대로 책을 뽑아 보는 것이 무엇보다 즐거웠다. (……) 이때가 마침 과거를 보는 해라서 중국 각지에서 과거를 보는 사람들이 구름처럼 모여들어 류리창 안에서 많이 노니니, 그들과 더불어 말하다가 왕왕 마음이 서로 맞는 자를 만나곤 하였다.*

　류리창은 말하자면 세상을 향한 창이었다. 글을 읽는 자와 글을 알고 싶은 자와, 글로써 출세하고 싶은 자, 세상을 알고 싶은 자들이 그곳에 모여들어 처음 만나는 사람들과도 뜻으로 소통하였다. 서책과 서화와 골동품 등, 박지원의 말마따나 한때 그곳에는 천하의 재화와 보물이 전부 있었다. 비싸고 값진 것들이어서가 아니라 천하를 여는 힘, 글이 그곳에 있었으므로.

　류리창은 원래 명나라 시기, 황궁에서 소요되는 유리기와를 굽던 곳이다. 그러나 청나라 건륭제 시기에 이르면, 기와막 외곽의 공터에 점차로 책방 거리가 조성되기 시작하는데, 그 이유 중의 하나는 위의 유득공이 남겨놓은 기록에서처럼 류리창 근방이 중국 각지에서 과거를 보러 오는 사람들이 주로 머물던 곳이기 때문이었다.

＊ 유득공, 「연대재유록」, 한국고전번역원.

류리창의 거리 풍경

중국의 과거제도는 조선 시대의 과거제도와 크게 다르지 않아, 각 지방에서 펼쳐지는 향시를 거쳐 중앙에서 집행되는 회시를 통과하게 되어 있다. 과거를 통하여 입신과 출세를 도모하는 청춘의 꿈과 포부는 조선과 중국이 크게 다르지 않다. 고작 열한 살 열두 살 나이에 과거에 급제하는 소년 천재가 있는가 하면, 백 살이 넘도록 회시를 치르는 노인도 있었다. 건륭 51년에 백 세 나이로 회시에 참가를 한 사계조(謝啓祚)라는 노인은 황제의 은혜를 입어 그 나이만으로도 합격이 보장되었으나, 이 황공한 은혜를 단호히 거절했다. 그는 말하기를 "과거에 합격할 수 있는 자는 이미 그 수가 정해져 있는 터인데, 나는 비록 늙었으나 아직 건재하니, 내가 어찌하여 늙은 유생들을 대표하여 내 기개를 펼치지 않을 것인가!"라며 기염을 토하기도 했다. 과연 그는 스스로 시험을 봐 급제를 했다. 그런데 백 세의 나이에 이르도록 그는 몇 번이나 과거를 치르고, 또 몇 번이나 낙방을 하였을까. 다행히 그는 과거 급제 후에도 이십여 년을 더 살아, 백이십 세의 나이에 가까워 세상을 떴다. 말년의 입신이 그를 얼마나 영예롭게 하였을지는 짐작하지 못할 바가 없다. 그는 아마 자신의 마음만으로도, 살아서 이미 신선이었을 터이다. 중국 과거 역사상 최고령자의 기록은 백사 세에 이른다. 이토록 나이 든 과거 응시자들 중에는 간신히 오십 세에 이르러서야 향시를 통과하고 백 세가 되도록까지 회시마다 참가를 하여 낙방을 한 노인도 있다. 회시가 삼 년에 한 번 북경에서 열렸으니, 그는 오십 년 동안 적어도 열다섯 차례 이상을 광동과 북경을 오간 셈이다. 그렇다면 그는 몇 번이나 류리창의 서점 사이를 거닐고, 문학을 논하며 찻잔을 들어올렸을까.

중국의 과거제도는 우리나라와 크게 다른 바 없었으나, 시험장의 풍경은 현저히 달랐다. 우리나라가 성균관의 앞마당에서 유생들이 줄지어 앉아 시문을 지었던 것과는 달리, 중국은 공원(貢院)이라는 시험장을 두어 응시생 한 명마다 방을 하나씩 주었다. 응시생들은 이곳에서 구 일 동안 시험을 보았는데, 부정행위를 막기 위하여 시험장은 자물쇠로 봉쇄되었다. 응시생들은 손바닥만한 방에 갇힌 채 시험을 보아야 했다. 추운 계절, 응시생들은 몸을 녹이기 위해 화로를 들고 시험장에 들어가기도 했는데, 이로 인하여 화재가 발생, 명나라 천순제 7년에는 백 명에 가까운 응시생들이 시험장에 갇힌 채 불에 타 죽기도 했다. 그런가 하면 청나라 동치제 6년에는, 이상더위로 인하여 시험장에 갇힌 응시생들 중 사십여 명이 더위를 못 이겨 숨을 거두기도 했다.

응시생들을 불에 타 죽게 할 정도로 엄격히 막아야 했던 부정행위는 말하자면, 커닝이다. 응시생들은 속내의에 빽빽이 예상문제를 적어오기도 했고, 소매에 넣어 숨길 만큼 작은 커닝페이퍼북을 만들기도 했고, 필통이나 붓대 속에 커닝페이퍼를 숨기기도 했다. 작은 커닝페이퍼북은 그것을 만들어 파는 전문상인까지 있을 정도였는데, 짐작건대 류리창의 뒷골목 어디쯤에서는 유생의 소매 끝을 붙잡고 '좋은 물건 있으니 하나 사서 시험장에 들어가시라' 꼬드기는 교활한 상인도 있었을 것이다. 과거에 떨어져 낙향길을 준비해야 하는 가난한 유생들은 늘어진 어깨로 지니고 있던 서책을 팔기 위해 류리창의 거리를 거닐기도 했다.

류리창이 또한 유명한 것은, 청나라 건륭 시기에 황제의 명령에 의하여 『사고전서』가 편찬될 당시, 그 자료들이 류리창을 통해서도 수집되었기 때문이다. 고금의 도서들을 집대성한 『사고전서』는 역사적으로 방대한 작업이었던바, 국가 도서관인 한림원에 소장된 자료만으로도 의문이 해결되지 않으면, 학자들은 류리창으로 달려가곤 했던 것이다. 말하자면 류리창은 재야의 거대한 도서관이었으며, 가장 깊이, 혹은 가장 낮게 숨어 있는 이야기들이었다. 과거를 준비하는 자들은 꿈을 꾸고, 해외에서 다니러 온 자들은 그 꿈을 엿보고, 이미 이름을 올린 학자들과 문필가들은 자신들의 꿈을 그곳에서 되찾았다.

그러나 서화와 문학과 역사의 향기는 침략자들을 또한 가장 먼저 끌어들인다. 모든 반역과 파괴는 정신의 말살을 기본으로 한다. 왕조가 바뀌면 어김없이 '분서갱유' 사건이 일어나고, 외적이 침입을 하면 강탈과 방화가 이루어진다. 류리창도 마찬가지다. 근대에 이르면 류리창은 서구 연합군과 일본군의 침략 등에 의해 상당한 손실을 겪고 쇠락해가다가, 문화대혁명 시기에 이르러서는 아예 문을 닫기까지 한다. 정신은 평화로운 시기보다는 고통스러운 시기에 더욱 예각을 세운다. 사라진 것들은 사라진 것을 몸속에 품고 더 날카로운 모습으로 되살아나는 법이다. 멀리 돌아가는 길이 반드시 늦는 것은 아니다. 거대한 역사를 가진 나라라면 더욱 그러하다.

오늘날 류리창은 북경시 문화보호구역으로 관광객들의 명소가 되어 있다. 청나라 시기의 건물들이 동쪽과 서쪽의 거리를 좇아 늘어서 있으며, 서점마다 서화들과 문방사우들이 가득하다. 가판에서는 민속품들을 팔고, 골목 안으로 들어서면 골동품을 파는 가게들도 있다. 오래된 것을 구하고자 하는 관광객들은 오래된 것을 알아보는 눈이 필요할 터이다. 그렇지 않은 사람들에게 류리창에서 파는 오래된 것들은 대개는 가짜들이다. 그러나 그 거리에 스며 있는 문학과 문화의 정신은 그 어디에서보다도 오래된 냄새를 풍긴다. 오래되었으나, 여전히 살아가고 있는. 마치 오십 해째 과거를 보러 북경의 성문을 들어서는 백 세 노인처럼.

북경의 유명한 골동품 시장으로는 판자위안(潘家園)이 있다. 류리창이 점잔을 떠는 인사동 거리와 같다면 판자위안은 황학동 벼룩시장쯤이 되겠다. 이곳은 1992년부터 조성된 거대 시장으로, 좌판만 약 삼천여 곳이 넘는 것으로 알려져 있다. 비록 그 시장은 현대에 조성된 것이지만 그곳에 팔리기 위해 나와 있는 물건들은 역사의 이야기를 담고 있다. 문살과 문진, 그리고 도장. 혹은 깨진 도자기 파편 등. 그 수많은 잡동사니들 사이에서 안목이 있는 학자들은 '물건'을 건지는 황홀한 경험을 하기도 한다. 오래된 이야기가 어디에 숨어 있을지는 아무도 알지 못한다. 그러나 그것이 세상에 모습을 드러냈을 때, 그 하나로서는 사소한 파편이었을 이야기가 세상을 뒤바꾸기도 한다. 그리하여 판자위안의 사소함에 파묻혀보는 것은 망외의 즐거움이다.

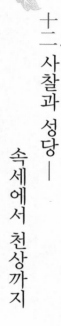

十二. 사찰과 성당—

속세에서 천상까지

외지에서 온 사람들이 북경의 거리를 한 걸음씩 옮길 때마다 비록 사방으로 사찰이 보이지는 않았겠으나, 보이지 않는 그곳을 향하여 성심껏 걸어가고 있는 북경 사람들은 눈 닿는 곳마다 사찰이 보였을 터이다.

북경의 외곽 팡산취(房山區)에는 북경에서 가장 오래된 사찰이
아름다운 산 중턱에 고즈넉이 놓여 있다. 산의 이름은 담자산, 절의
이름도 산의 이름을 받아 담자사(潭柘寺)이다. '연못 담' 자와 '산뽕
나무 자' 자를 쓰고 있는 이 절은 계곡을 끼고 있다. 오래전에는 얼마
나 깊은 산이었을까, 호랑이가 암자에 내려왔다가 스님의 독경에 넋
을 잃었다는 전설이 내려오고 있는데, 호랑이는 세월이 흘러 자취를
감추었으나 호랑이의 서늘한 몸피를 감추었을 나무들은 지금 경내에
까지 울창하다. 나무들의 수령은 흔히 천 년이 넘었으니, 절의 역사
를 나무가 말해준다. 절은 서진 시대(265~317)에 세워져 천칠백 년
에 가깝거나, 혹은 넘는 세월을 거기에 있었다. 북경에는 '담자사가
먼저 있은 후에야 북경이 있다(先有潭柘寺, 後有北京城)'는 속담이

있다. 이 속담이 말하고자 하는 것은 세월보다는 오히려 정신일 터이다. 절이 세워진 후, 그 그늘 아래 사람들이 모여들어 도시가 생겨났으니, 오래전의 북경 사람들은 신성한 것을 향해 무엇을 그리 간곡히 염원하였을까.

북경에는 또 '한 걸음을 옮길 때마다 사찰이 셋이나 보인다(舊京一步三座廟)'는 말이 있었다. 1947년에 조사된 북경 지역 내의 사찰수는 정식으로 등록이 안 된 것을 제외하더라도, 천구백이십 곳이나되었다.[*] 이 수는 불교 사찰과 도교 도관과 다소 민간신앙적인 암자 등을 포함하는 것으로 대단히 광범위하게 조사된 것으로 보이기는하지만, 오히려 그래서 종교라고 할 수 있는 것보다 더한 것, 그들의생활과 문화적 측면을 보여주는 듯하다. 외지에서 온 사람들이 북경의 거리를 한 걸음씩 옮길 때마다 비록 사방으로 사찰이 보이지는 않았겠으나, 보이지 않는 '그곳'을 향하여 성심껏 걸어가고 있는 북경사람들은 눈 닿는 곳마다 사찰이 보였을 터이다. 우리나라와는 달라작대기만한 향을 장작처럼 불태우는 북경 사람들은 그 불꽃과 연기속에서 과연 불꽃 같은 소망을 기원하였을 터이다.

중국의 다른 모든 건축물들이 그러하듯이 북경의 사찰은 우리나라

---

[*] 北京市 檔案館 編, 『北京寺廟歷史資料』.

의 사찰에 비해 훨씬 크고, 위압적으로 여겨진다. 거기 기대어 고요히 머물고 싶은 심정이 들기보다는, 서둘러 무언가를 열정적으로 소망해야 할 것처럼 여겨지는 것은 비단 외국인의 시선이기 때문일지는 알 수 없다. 그러나 어디나 무언가가 다른 법이다. 완전히 다르지 않고 완전히 같지 않은 곳에서, 오래전 이국의 사람들 이야기를 듣는다.

담자사에서 가장 볼 만한 것은 탑림(塔林)이다. 일흔두 개의 크고 작은 탑들이 들어서 과연 탑으로 숲을 이루었다고 해도 좋을 만한 이곳에는 요나라, 금나라를 거쳐 청나라 승려들의 탑까지, 그리고 일본에서 건너와 이 절에서 정진한 일본 승려의 사리탑까지 각기 이야기를 안고 서 있다. 속(俗)을 떠난 승려들에게 일신의 사사로운 이야기들이야 무의미할 터이다. 일흔두 개의 탑들이 각기 이야기하는 것은 탑림을 스쳐 지나가는 바람 소리로 모여진다. 적요롭게 그 탑들 사이를 거닐다보면, 내 이야기인들 뭐 그리 중요할까. 산속의 사찰은, 그곳이 어디든지 간에, 자신을 되돌아보게 한다.

북경에는 아직도 많은 절들이 남아 있다. 역시 팡산취에 있는 운거사(雲居寺)에는 '천만대장경'이 존재한다. 경전을 석각으로 새긴 이 석경(石經)은 약 천 년의 역사를 가진 것으로 만오천 개의 경판에 약 천만 자 이상의 '말씀'이 들어 있다. 또한 운거사에서는 천 년이 된 사리가 발견되어 불교 문화유산의 가치를 높였다. 담자사와 운거사는 북경 도심에서 한 시간에서 두 시간 가까이 차를 타고 나가야 하는 거리에 있어, 북경에 잠시 동안만 머무르는 사람들은 찾아가보기가 쉽지 않은 곳이다. 그러나 산속에 있는 절 말고도, 북경의 도심 어디에서든지 절을 볼 수 있다.

북경을 수도로 삼은 왕조들은 대개 불교를 숭상했다. 명나라는 선종과 정토종을 숭상하여 역사상 최대 융성기를 이루었고, 원나라와 청나라는 라마불교에 심취했다. 청나라 3대 황제이며 중원 정복 후의 1대 황제이기도 한 순치제가 승려가 되기 위해 황위를 포기했다는 속설이 내려올 만큼 불교를 숭상한 황제인 것은 이미 말한 바 있다. 민간의 속설이 아니라 정사만 따른다고 하더라도, 순치제는 황제 시절에 이미 머리를 깎은 바 있었다. 그는 스승인 승려에게 '석가모니는 도를 얻기 위해 왕위를 포기하지 않았느냐'라고 말하며 출가의 뜻을 세웠던 것으로 알려진다. 청나라 말기에 이르면, 불교에 심취하여 자신을 '노불야(老佛爺)'라고 부르게 한 서태후가 있다. 서태후는 환관들과 함께 찍은 사진 속에서 자신을 부처로 분장하여 경전의 한 장면을 연출하기도 했었다. 황제와 황후의 지지하에, 궁 안에는 황족 전용의 사찰들이 세워졌고, 궁 밖에는 귀족과 평민들의 사찰들이 세워졌다. 중화인민공화국이 세워지고 문화대혁명을 거치면서, 역사적으로 가치가 드높던 사찰들이 그 가치만큼 보존될 기회를 잃기는 했으나, 그렇

옹화궁의 불상

ⓒ 류지훈

더라도 아직 그 옛 모습을 찾아볼 수 있는 사찰들이 있다. 원나라 때 세워진 법원사(法原寺), 북경에서 가장 오래된 탑을 가지고 있는 천녕사(天寧寺), 백탑이 유명한 백탑사(白塔寺), 벽화가 유명한 법해사(法海寺), 불교음악으로 유명한 지화사(智化寺) 등이 그곳들이다.

북경 최대의 라마불교 사찰인 옹화궁(雍和宮)은 관광지로서도 그 명성이 높다. 옹정황제가 황위에 오르기 전의 거처였던 옹화궁은, 황제 즉위 후, 라마 사찰이 되었다. 원나라 때부터 황족들은 달라이라마의 권위와 정치력을 존중해서 청나라에 이르면 열하의 피서산장 옆에 티베트의 포탈라궁을 원형 그대로 축소한 달라이라마궁을 건설하여 하사할 정도였다. 박지원의 『열하일기』 속에는, 당시 열하의 소포탈라궁에 머물던 달라이라마와 박지원 일행이 대담을 나눈 내용이 들어 있기도 하다. 옹화궁에는 세계 최대의 불상이 있다. 세계 최고의 기록을 좋아하기는 우리나라도 떨어지지 않는 나라지만, 옹화궁의 불상 앞에 서면, 세계 최대라는 말에 경쟁심을 느낄 마음이 사라진다. 고개를 꺾어세우고서야 올려다볼 수 있는 부처의 머리끝까지 높이가 십팔 미터인데, 놀라운 것은 그것이 통으로 된 백단목 하나로 만들어진 불상이라는 사실이다. 세계 최대의 불상 앞에서 경건해야 하는바, 그러나 저 통나무를 어떻게 옮겼을까가 더 궁금해지는 것은 어쩔 수 없는 노릇이다.

불교의 전래보다는 한참 늦었지만, 중국에 천주교가 전래된 시기는 생각보다 이르다. 천주교에 대한 최초의 기록은 당나라 시기에까지 거슬러올라간다. 당태종 9년, 서기 635년에 로마 주교 알로펜(Alopen)이 성경을 지니고 당나라 수도 장안에 이르렀을 때, 황제는 그를 사신으로 귀히 영접하였다는 기록이 있다. 천주교는 그후 이백 년 가까이 중국 대륙에서 그 교세를 확장하였다. 중국인들 사이에 경교(景敎)라고 불리었던 초대 기독교는 원나라 시기에 다시 한번 포교의 기틀을 마련하여, 당시 수도였던 북경을 중심으로 신도 수를 늘려갔다.

오늘날의 천주교가 중국에 뿌리를 내린 것은 명말 청초 시기, 마테오 리치의 이름이 등장하면서부터이다. 중국명으로 리마더우(利瑪竇)라고 불리었던 마테오 리치는 중국인들에게 하느님의 말씀만을 전한 것이 아니라, 천문학과 기하학, 지리학 등의 서방 학문을 전했다. 중국의 황실에서는 무엇보다도 그의 지식을 높이 샀다. 그러나 중국이 그를 받아들이고, 그가 전한 '말씀'을 받아들인 것은 중국의 전통문화를 포용했던 그의 포교정책에 힘입은 바 크다. 그는 중국의 옷을 입었고, 중국의 말에 능통했으며, 중국 사람들과 기꺼이 형제와

친구가 되었다. 그는 우상숭배에 대해서도 유연한 태도를 취하여, 중국인들이 공자묘에 참배하는 것은 스승에 대한 예의로, 조상에게 제사를 지내는 것은 부모에 대한 효성으로 받아들였다. 마테오 리치는 그의 서방 지식을 귀히 여겼던 황실에서뿐만 아니라, 민간에서도 존경받고 사랑받는 존재로 자리를 잡았다.

마테오 리치가 포교를 시작했던 곳에 세워진 북경 최초의 성당은 선무문 성당으로, 일명 남당(南堂)이라고도 불리운다. 왕조가 바뀌면서 천주교는 다시 한번 추방의 위기를 당하지만, 그때마다 헌신적인 색목인 신부들의 노력이 있었다. 나중에 승려가 되고자 출가를 꿈꾸었던 순치제는 남당을 십여 차례 이상 친히 찾아, 독일인 아담 샬* 신부와 세상과 학문과 종교에 대한 깊은 대화를 나누었으며, 그를 할아버지라고 부르기도 했다. 비록 나중에는 승려가 되고자 하지만, 종교에 대한 순치제의 최초의 관심은 이 색목인 신부로부터 비롯되었던 것으로 보인다. 병자호란 후 청나라의 인질이 되어 청군과 함께 북경에 입성했던 소현세자 역시 아담 샬 신부와 깊은 교분을 나누었다고 전해진다. 소현세자는 귀국할 당시 선교사들을 대동할 생각까지 했으나 뜻을 이루지는 못했다.

---

* Johann Adam Schall von Bell, 중국명 탕러왕(湯若望).

선무문 성당(남당)

남당은 지진과 화재 등의 천재지변으로 여러 번 파괴와 소실을 겪었지만, 그때마다 황실의 지지하에 다시 복원되었다. 훗날, 마테오 리치의 포교법에 반대한 파리외방전교회가 엄격한 교리의 준수를 내세워 중국의 전통적 문화와 크게 충돌한 후, 천주교는 다시 포교 금지와 성당의 몰수 등을 겪는다. 근대에 이르러서는 의화단의 공격을 받아 성당의 기둥마다 핏자국과 총탄의 자국을 남기기도 했다. 그렇더라도 종교는 박해를 디디고 성장한다. 오늘날, 중국의 천주교 신자는 오백만에 이른다.

북경의 성당은 남당과 북당, 동당과 서당이 있고 동교민항 성당과 남강자(南岡子) 성당 등이 있다. 명나라 말기에 처음으로 세워진 후 증축을 거듭한 남당과 청나라 강희제 시기에 세워진 북당(北堂)은 지금은 그 원형의 모습을 그대로 볼 수는 없지만, 세월 속에서 무너지고 다시 세워지며 중국 속에 뿌리를 뻗은 모습을 보는 즐거움이 있다. 강희제가 병에 걸렸을 때 색목인 신부들이 보내준 양약을 먹고 병이 나아 그 보답으로 성당을 건축할 부지를 하사해서 지어졌다는 북당은 중국의 전통과 서양의 품격이 절묘하게 어우러진 풍경을 보여준다. 전통적인 고딕양식으로 세워진 성당은 중국식의 정자와 함께 어울려 있다. 성당의 입구 양쪽으로는 거북이 등 위에 세워진 거대한 비석이 있고, 이 비석에는 황제가 하사한 글이 새겨져 있다. 성

북당의 성모화

당 안의 기둥은 온통 붉은색으로, 그곳이 다름아닌 중국의 성당이라는 것을 느끼게 해준다. 중국인들은 전통적으로 붉은색을 숭상하는데, 불의 색이기도 하고, 피의 색이기도 한 붉은색이 신성한 색으로 숭배되기 시작한 것은 원시종교로부터 그 근거를 찾을 수 있다는 해석이 있다. 그러니, 북당이 보여주는 것은 그야말로 모든 것의 아우름이고, 너그러움이다. 성당의 내부에는 아기 예수를 안고 있는 성모화가 있는데, 성모는 마치 아기 황제를 안고 있는 중국의 태후처럼 보인다. 북당은 우리나라 최초의 영세자인 이승훈이 베드로라는 세례명을 받은 곳이기도 하다.

아름다운 것 뒤에는 피를 묻힌 역사가 숨어 있다. 근대 동양에 있어, 서양의 이름은 어디에서나 피의 냄새를 풍긴다. 우리나라의 근대와 마찬가지로 중국에 있어서도 역시 서방 제국주의의 침투는 총과 대포만을 앞세운 것이 아니라, 종교를 앞세우기도 했다. 의화단의 난 당시, 의화단의 1차 목표는 서양인들이었고 2차 목표는 그 서양인들에 의해 기독교도 혹은 천주교도가 된 중국인들이었다. 그들은 모든 교회와 모든 성당을 공격했다. 동교민항의 성당은 의화단에 의해 포위되어 있던 팔 주간의 피 묻은 역사를 깊숙이 묻고 있다. 그리고 물론 팔 주 후의 역사도. 의화단의 난 이후 팔 개국 연합군이 북경을 불바다로 만들었을 때, 그 선두에 선 자들은 군인들만은 아니었다. 신부와 선교사들 역시, 그 책임에서 자유로울 수는 없었다. 의화단의 난 당시, 북당의 신부였던 프랑스 주교 알폰스 파비에[*]는 "몸소 한 관원의 집에서 일백만 냥의 재물을 훔쳐냈을 뿐만 아니라, 신도들을 사방으로 이끌고 다니며 약탈을 자행했다"[**]는, 역사상 지워지지 않을 기록을 남겼다.

지나간 시대에 우리는 무엇을 물어야 할까. 1900년부터 1902년까지 북경에서의 생활을 기록한 영국인 아치볼드 리틀(Archibald Little)의 저서 『나의 북경화원 我的北京花園』 중에는 아래와 같은 구절이 나온다.

"중국인들은 교훈을 얻어야 했어요. 그들의 궁전과 사찰을 때려 부수는 것이야말로 그렇게 하는 확실한 방법이죠."

1900년 의화단의 난 직후 서구 팔 개국 점령하의 자금성을 관람하던 중, 곳곳에 부서지고 무너진 흔적들을 보며 안타까워하는 저자에게 곁에 있던 독일인이 하는 말이다.

---

[*] Pierre-Marie-Alphonse Favier, 중국명 판궈량(樊國梁).
[**] 『東交民巷』(歷史文化名城北京系列叢書).

그런데 오랜 세월 후, 그 가혹한 역사를 되돌아보며 교훈을 얻는 것은 어느 쪽일까. 하느님께서 아실 일이다.

⟨✦⟩

북경의 명소 중, 또하나 빼놓을 수 없는 곳은 도교의 수행성소인 도관들이다. 한나라 시기에 자생적으로 생겨난 도교는 신선의 경지에 오르는 것을 최고의 목표로 삼는 중국 토속의 종교이다. 중국인들은 다른 어떤 종교보다도 도교에 깊은 영향을 받았다. 소설가 루쉰이 "중국의 기본은 모두 도교에 있다"라고 말하기도 했을 정도이니, 중국인들에게 있어 도교는 종교라기보다는 생활, 그 자체였을 것이다.

조양문 밖 동악묘(東岳廟)는 백운관(白雲觀)과 함께 북경에서는 가장 큰 도관이다. 그곳에 이르러 신선이 되기를 꿈꾸었던 사람들을 생각해본다. 신선놀음에 도낏자루 썩는 줄 모른다는 우리나라 속담에서 보여지듯이 신선은 속이 닿을 수 없는 곳에 있는 존재이다. 수많은 도사들이 신선이 되기 위해 불로불사의 단약을 제조하는 데에 심취하였으나, 사실 신선이 되는 것은 물질로 이루어지는 것이 아니라 정신으로 이루어지는 일이었을 것이다. 그러나 손에 잡히지 않는 정신 대신에 물질은 구체적인 유혹이다. 명나라 시기의 황제들은 유독 단약의 유혹에 약했다. 신비한 단약을 복용하고 영생을 이루었다는 황제의 기록은 남아 있지 않으나, 불행히도 잘못된 약을 먹고 제명을 다 살지 못한 황제의 기록은 곳곳에 존재한다. 태자 즉위 후 갖은 시련을 견디고 기다려 황제에 오른 후, 겨우 한 달 동안만 황제의 자리에 있다가 세상을 뜬 태창제가 그 대표적인 예라 하겠다. 병중에 단약을 먹고 일시 효과를 보았던 태창제는 그 신비한 효험을 과신한 끝에 연이어 단약을 복용하고, 마침내 급사를 하게 된다. 명나라 시기의 폭군으로 유명한 가정제는 궁내에 도관을 설치하고 그 스스로 도복을 입고 도사임을 자처했다. 궁중의 모든 예법을 도교식으로 바꿨을 뿐만 아니라, 황후들에게도 궁복 대신 도복을 입게 하고, 그에 따르지 않으면 거침없이 폭행을 자행했다. 가정제 역시 단약의 과도한 복용으로 말미암아 세상을 뜬 것으로 알려져 있다. 황궁에 미친 도교의 영향은 청나라 초기에까지 이른다. 강희제와 옹정제 역시 단약을 즐겨 복용하였다는 기록이 있다.

서양의 연금술과 마찬가지로, 도교의 영단술 역시 근본적으로는 도를 닦는 행위이다. 물질의 비약이 이루고자 하는 것은 결국 정신의 승화이다. 높아지거나, 혹은 더할 수 없는 곳까지 낮아지거나. 황실의 욕망과는 달리, 민간에서 도교는 속과 성 사이의 살아 있는 삶이었다. 종교적 가치가 퇴색하여 오늘날의 대륙에서는 거의 그 신자를 찾아볼 수 없지만, 그 전통은 문화적 가치로 남아 있으며 여전히 가장 중국적인 것으로 존재한다. 동악묘와 백운관 이외에도, 북경의 어느 곳에서나 쉽게 그 흔적을 발견할 수 있는 관제묘, 냥냥묘, 화신묘 등이 모두 도교의 성소들이다.

최근에 확인된 북경 내 종교활동에 관한 조사에 의하면, 북경에는 약 백여 곳의 사원과 성당, 사찰 등이 있다. 역사유적지를 제외하고 현재 종교활동이 실제로 진행되고 있는 곳으로는 불교 사찰이 열 곳, 기독교 교회가 여덟 곳, 천주교 성당이 열일곱 곳, 도관이 세 곳이며, 나머지 압도적으로 많은 곳이 이슬람 사원으로 예순여덟 곳에 이른다. 중국 쉰다섯 개의 소수민족 중, 회족과 위구르족 등 십여 개의 소수민족들이 이슬람교를 신봉하는 민족들이다. 그들의 인구가 약 이천만에 이른다. 중국인들은 이슬람 사원을 칭전쓰(淸眞寺)라고 칭하는데, 북경에서 가장 오래된 칭전쓰는 광안문 뉴제(牛街)에 있는 리바이쓰(禮拜寺)이다. 요나라 시대에 최초로 건립된 것으로 알려진 이 사원은 역사상으로 이미 천 년이 넘는 세월을 간직하고 있으며, 오늘날까지도 여전히 예배활동이 이루어지고 있다. 사원은 완전히 중국식으로 지어져 있으면서도 이슬람교도의 특성들이 절묘하게 조화를 이루고 있다. 전통건물로 지어진 주예배당은 모스크의 특성대로 넓은 강당으로 이루어져 있는데, 이는 다른 중국 전통건물에서는 볼 수 없는 풍경이다. 사원의 편액은 이슬람교도의 언어로 씌어 있다. 관광객들의 참관이 허용되나, 짧은 바지와 민소매를 입을 경우에는 입장이 제한된다.

하필이면 한여름, 짧은 치마와 민소매옷을 입고 갔다가 매표소에서 나눠주는 긴 치마와 숄을 둘러쓰게 된 나는 그 아름답고 적요로운 중국 속의, 가장 중국다운 모스크에 입을 벌리지 않을 수 없다. 맨살을 가리느라 둘러쓴 숄이 맨살 속의 마음까지 경건하게 만든다. 난생 처음 이슬람 사원에 들러서, 그것도 중국 북경에서 들러서, 무언가를 빌고 싶다는 생각이 드는 것은 그 평화롭고 소박하고 정겨운 아름다움에 취해서였을 것이다.

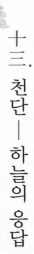

十三. 천단—하늘의 응답

지구가 둥글다는 것을 알지 못했던 오래전의 사람들은, 그러나 우주가 둥글다는 것은 알았다. 둥근 것의 끝은 무한이며, 또한 회귀이다. 그 영원하며 끝없는 것과 만나기 위해, 천단은 가능한 한 자신을 넓게 열었다.

1644년 10월 초하루의 새벽, 자금성의 오문이 넓게 열렸다. 어둠을 뚫고 어가가 남쪽을 향했다. 어가를 쫓는 수없이 많은 수레바퀴와 발소리는 곧 의장대의 웅장한 음악 소리에 묻혔다. 또하나의 세상이 열리는 날이었다. 정확히 오 개월 전인 5월 1일에 이자성의 농민군을 몰아내고 북경에 입성을 했던 청군은 그 한 달 후 그들의 황제를 심양에서 북경으로 모셔들였다. 그리고 다시 넉 달 후, 그들의 황제는 이제 더이상 그들만의 황제가 아니라 대륙 전체의 황제가 되기 위해 천단으로 향하는 중이었다.

　　천단은 하늘에 제를 올리는 곳이다. 인간 중에서 가장 높은 자가 되기 위해 가장 먼저, 그리고 가장 마지막으로 해야 할 일은 무릎을 꿇어 자신을 하늘에 바치는 일이었다. 천단은 1420년 자금성과 함께 완공되었다. 영락제는 뜻한 바대로 세계에서 가장 아름다운 궁을 건설하였으나, 그 아름다움은 피로 이루어진 것이었다. 조카인 건문제의 황위를 찬탈할 당시, 그는 남경의 궁을 불태워버렸고 그 와중에 수없이 많은 사람들이 목숨을 잃었다. 이제 북경에 다시 제단을 만들어 하늘에 제를 올릴 때, 그로서는 빌어야 할 것도 많고 구해야 할 것도 많았을 것이다. 자금성은 완공 후 고작 석 달 만에 태화전 등 외조의 궁전 세 채가 홀랑 타버리는 화재를 겪었다. 불길한 일이 아닐 수 없었다. 자금성을 완공하고 정치의 중심을 북경으로 옮긴 후에도 영락제는 그의 치세기간 내내 천도를 선포할 수 없었다.

북경의 제단은 천단만이 아니다. 자금성의 천안문 양옆으로는 태묘와 사직단이 있다. 태묘는 황제들의 위패를 모신 곳으로, 우리나라의 종묘와 같다. 사직단은 흙과 오곡신에게 제를 올리는 곳인바, 농경사회에서 농사와 관련된 신에게 제를 올리는 것은 무엇보다도 중요한 일이었을 것이다. 하늘과 땅, 해와 달, 그리고 바람과 비, 이 모든 것들은 밭을 갈고 양을 치며 누에를 기르는 일과 맺어져 있다. 하늘이 비를 내리고, 땅이 그 비를 받아들여 벼의 싹을 틔운다. 바람은 양을 살찌우고, 달빛은 누에를 번식하게 한다. 그리고 사람의 자손들이 대를 이어가며, 하늘을 우러르고 땅에 이마를 대 제를 올린다. 북경에는 천단과 지단, 월단과 일단이 각기 동서남북으로 자리를 잡고 있으며, 선농단은 천단 옆에 붙어 있다. 천단과 사직단, 태묘, 그리고 선농단이 영락제 연간에 지어진 것인 반면, 지단과 일단, 월단 등은 가정제 시기에 건설되었다.

밭을 갈고 쌀을 거두며, 가축을 기르고 옷을 지어 입는 것은 사람이 하는 일이지만, 그 모든 것을 주재하는 것은 하늘이 하는 일이다. 그것은 사람 중에 가장 높으며 유일한 존재라 일컬어지는 황제도 할 수 없는 일이다. 그리하여 가뭄이 들거나 홍수가 날 때마다, 유성이 떨어지거나 벼락이 떨어질 때마다, 원인을 알 수 없는 화재가 나거나 역병이 돌 때마다 황제는 인간이 아닌 존재를 향해 머리를 조아려야 했다. 역사에는 황음 패악한 황제들도 있지만, 그렇지 않은 근면 성실한 황제들도 있다. 그런 황제들에겐 그들의 자리란 누려야 할 자리가 아니라 갚아야 할 자리였을 것이다. 그리하여 해도 해도 끝나지 않는 일, 할수록 더 많아지는 일들 속에서 황제는 극심한 노동강도에 시달렸는데, 그토록 바쁜 일정 속에서도 결코 게을리 할 수 없는 일은 바로 제례였다. 제례는 절기마다 돌아왔고, 때마다 돌아왔으며, 때가 아닌 때에도 돌아왔다. 황제는 그때마다 신하들을 이끌고 제단으로 향했다. 소망이 간곡할 때에는 걸어서 갔고, 하늘의 노여움을 풀어야 할 때에는 딱딱한 잠자리에서 며칠씩 밤을 보내며 세상의 모든 죄를 대표하여 빌었다. 유신혁명의 실패 후 죽을 때까지 빈껍데기에 불과해 서태후의 허락 없이는 아마도 밥을 먹는 것조차 할 수 없었을 광서제는, 그렇더라도 제례만은 그의 이름으로 올려야 했다. 절기마다 돌아오는 제례 때마다 그가 하늘에 무엇을 빌었을까. 죽은 광서제와 하늘만이 알 일이다.

천단에는 회음벽(回音壁)이라는 것이 있다. 둥근 벽의 한 끝에 서서 말을 내놓으면 그 말이 그 둥근 벽을 돌아 다시 되돌아온다는 것이다. 항상 관광객들로 넘쳐나는 천단의 한가운데 회음벽에 서서 내심의 말을 내놓는다는 것이 가능한 일은 아닐 터이다. 이국의 관광지에는 어디든 한국인 관광객이 있으니 한국말을 알아듣는 사람이 없으리라고 생각하는 것도 큰코다칠 일이다. 그러니 기껏해야 어이, 정도의 말을 해놓고 귀를 기울여보는 것인데, 그 말은 대체 언제쯤에나 돌아오는 것일까. 귀를 기울여 들어도 돌아오는 것은 다른 관광객들이 내놓는 말소리들뿐이다. 그러나 인내할 수 있다면, 서둘러 둘러볼 것 둘러보고 바삐 돌아가는 것이 아니라 하늘에 소망을 내놓고 그 소망이 이루어지기를 기다리는 간절한 마음이 있다면, 아마도 그 말은 지구를 한 바퀴 돌고 하늘과 우주를 돌아 마침내 내게로 돌아올지도 모른다. 그러니, 그 앞에 서면 비록 부끄럽다 하더라도 내 안의 가장 소중한 말을 내놓아볼 일이다.

천단의 둥근 담

둥근 몸체에 둥근 지붕을 이고 그 위에 둥근 뿔을 인 듯한 건축물이 있다. 문외한이라도 문득 우주의 한가운데가 떠오르는, 그런 건축물. 천단은 그 독특하고도 고유한 건축양식으로 인하여 사람들의 마음을 끌어당긴다. 개인적으로 나는 북경의 유적지 중 천단을 가장 좋아하는데, 그곳에 이르면 모래알같이 작게 여겨지는 내가 작아서 부끄러운 게 아니라 작아서 편안하다고 느껴지기 때문이다. 천단의 환구단으로 이르는 길에는 탁 트인 어도가 뻗어 있다. 오래전에는 근처에도 이를 수 없었겠으나, 지금은 누구나 그 어도의 한가운데를 걸으며 황제나 황후의 기분을 누릴 수 있다. 그러나 사람 중에 가장 높은 사람의 흉내를 내고 있는 그 순간에도 자신의 존재는 매우 작게 여겨진다. 황제와 황후에 비해서가 아니라 내 위의 것에 대해서이다. 하늘 아래 작지 않은 것이 어디에 있으랴. 인간의 존재가 하늘 아래에 있다는 점에서는 모두가 동일하다는 이 단순한 진리는, 위안이 아니라 그저 당연한 것으로 받아들여진다. 운이 좋아 관광객이 조금 드문 날에 천단을 거닐고 있으면, 감상은 좀더 멀리 뻗어나간다.

천단은 넓고 탁 트인 대지 위에 푸르게 조성된 숲, 그 한가운데에 원형으로 배치된 건축물이다. 그곳에는 모난 것이 없어 벽도, 제단도, 건물도, 지붕도, 모든 것이 다 둥글다. 하늘이 그 둥근 제단을 부드럽게 내려다본다. 지구가 둥글다는 것을 알지 못했던 오래전의 사람들은, 그러나 우주가 둥글다는 것은 알았다. 둥근 것의 끝은 무한이며, 또한 회귀이다. 그 영원하며 끝없는 것과 만나기 위해, 천단은 가능한 한 자신을 넓게 열었다.

황제들에게는 백성들과의 소통보다도 어쩌면 더, 하늘과의 소통이 중요했을 것이다. 19세기 중반부터 중국에서 오랜 전도사생활을 했던 미국인 윌리엄 마틴(William Martin)은 중국 백성들이 천단에 대해 어떤 생각을 갖고 있는가를 그의 저서 『진단논총震旦論叢』에 옮겨놓았다.

"신은 대단히 위대한 존재여서 우리 같은 사람들은 스스로 숭배조차 할 수 없다. 천단에서 신께 제물을 올리고 제를 올릴 수 있는 자격은 오직 황제에게만 있을 뿐이다."

그랬다. 황제가 해야만 할 그 어떤 일도 하지 않았던 만력제조차도 북방에 오랜 가뭄이 들자 천단에서 기우제를 올려 마침내 비가 내리게 했다는 기록을 남기고 있는 것이다.

천단과 가장 먼 거리를 유지했던 황제는 뜻밖에도 청나라의 황금기를 이루었던 3대 황제 중의 하나인 옹정제이다. 강희제가 임종을 할 당시, 위독한 아비 대신 천단에서 제례 준비를 하고 있던 옹정제는 강희제의 유언을 받기 위해 급히 궁으로 돌아가야만 했다. 그 밤, 천단의 울창한 숲속에는 살기가 가득했다. 강희제에게는 서른다섯 명의, 하나같이 잘난 아들들이 있었다. 형제로 태어났으나 그들은 이제 서로가 서로를 죽이지 않으면 살아남을 수 없는 적들이었다.

옹정제가 황제의 자리에 올라 가장 먼저 한 일도 역시 그의 혈육들을 제거하는 일이었다. 최후의 형제가 제거될 때까지, 혹은 그 이후에도 그는 반란과 반역의 불안에서 벗어나지 못했다. 도성을 떠나 원정을 가는 것은 물론이고 궁을 떠나 며칠 밤을 밖에서 새우는 것도 안심할 수 없었다. 그것은 제례를 지낼 때 역시 마찬가지였다. 천제를 올리기 위해 천단에서 사흘씩이나 머물러야 하는 것을 그는 견딜 수 없었다. 옹정제는 궁 안에 따로 재궁을 지어놓고 그곳에서 제례의 일부 절차를 대신했다. 그는 하늘조차 믿을 수가 없었던 것일까? 자신을 지킬 수 있는 것은 오직 자신뿐이라고 믿었던 이 현실적인 황제는 재위기간 내내 철의 통치를 했고, 살벌한 감시정치를 했다. 어느 명절날 집 안에서 한가히 놀이를 하다가 놀이패 하나를 잃어버렸던 신하는 그 이튿날 조회에서 만난 황제가 "그래, 그 패는 찾았느냐"라고 물어 간담이 서늘했다는 일화를 남겼다. 황제는 아무도 믿지 않아, 후계자의 이름을 정대광명(正大光明)의 편액 뒤에 감춰놓게 하는 전통을 만들기까지 했다.

그러나 옹정제에게 있어 다행히, 존재의 불안이 파탄으로 이어지지는 않았다. 그는 황권을 강화하여 청조의 안정된 통치 기반을 확립했고, 행정조직을 굳건히 했으며, 여러 가지 저술활동 등 학술에도 힘을 기울인 현군으로 일컬어진다.

가장 높은 곳, 가장 신성한 곳으로 추앙되던 제단들은 역사와 함께 그 존엄의 가치를 상실해갔다. 19세기 말, 외세의 침입으로 완전히 피폐해진 청조는 하늘에 기도를 올리는 일이 더이상 그들에게 구원이 되지 못함을 깨달았다. 때마다 절기마다 제를 올릴 여유도 없었지만, 마음이 더 먼저 하늘로부터 멀어졌을 것이다. 의화단의 실패 후, 중국은 완전히 '종이호랑이'로 전락했다. 당시의 외국 신문들은 차이나라는 종이호랑이를 갈가리 찢어가는 서구 열강들의 모습을 우스꽝스러운 삽화로 싣기도 했다. 태묘 이외의 모든 제단의 제례가 중단된 것은 광서 34년 1908년의 일이다. 신은 노하였을까? 그로부터 사년 뒤, 1912년에 청나라는 마지막 황제 푸이의 퇴위와 함께 막을 내렸다. 황제가 사라진 제례도 마찬가지로 영원히 그 종적을 감추게 되었다.

　그러나 천단에서의 마지막 제례는 그로부터 다시 이 년 뒤에 한 번 더 거행될 기회를 갖게 된다. 1914년 12월 동지의 일이다. 제를 올린 사람은 당시 민국 총통이었던 원세개였다. 그는 황제가 아니었으나 그때 이미 황제복을 입고 제를 올렸다. 거대한 북을 앞세운 악대들과 격식을 갖춘 제관들과 활을 들고 선 제동들, 그리고 제단에 바쳐진 거대한 소 한 마리…… 그리고 원세개. 그가 즉위식을 갖고 황제의 자리에 오르는 것은 그로부터 일 년 뒤의 일이지만, 이때에 그는 이미 속속들이 황제였다.

　원세개의 황제몽에는 수없이 많은 일화가 존재하지만 그중에서 유명한 것은 깨진 찻잔에 관련된 것이다. 원세개는 오수 후에 차를 마시는 것이 습관이었는데, 하루는 시종이 원세개가 아끼던 찻잔을 깨뜨리는 일이 발생했다. 벌을 받게 될 것이 두려워 겁에 질린 시종에게 원세개의 측근이 묘수를 가르쳐주었다. 잠에서 깨어나 자기가 아끼던 찻잔이 깨진 것을 안 원세개가 예상과 다르지 않게 크게 노여워하자, 시종이 황급히 말을 늘어놓았다. "잘못했습니다, 대인. 그게 어찌된 일이냐면 제가 찻잔을 갖고 들어왔을 때 침상에 누워 있는 것이 대인이 아니신지라 제가 너무 놀라 그만 찻잔을 놓쳐버렸던 것입니다." "침상에 내가 아닌 누가 누워 있었단 말이냐?" "그게 글쎄…… 황금 용이었습니다." 원세개의 얼굴에 기쁨이 번졌고, 시종은 벌을 받는 대신 상을 받았다. 이 거짓말 같은 이야기는, 그러나 사실인 것으로 전해지고 있다.

신은 노여웠을까.

원세개는 겨우 팔십여 일 동안 황제의 자리에 있다가 세상을 떴다. 그가 황제가 된 후, 국민들은 물론이거니와 그의 정치적 동지들까지 모두 등을 돌렸기 때문이었다. 그는 태어나 가장 극심한 고독과 번뇌와 분노와 싸웠다. 그리고 결론은 심화와 절망을 이겨내지 못한 죽음이었다. 신은, 아마도 더이상은 단 한 번이라도 그와 같은 자가 올리는 제물을 받고 싶지 않았던 모양이다. 쇠락한 나라의 저물어가는 뒷길을 내려다보고 있는 춥고 쓸쓸한 하늘이더라도, 절대로 용서가 안되는 것은 있는 법이다. 하늘은 원세개를 벌하고, 거대한 중국 대륙의 권력을 다시 국민에게 돌려주었다.

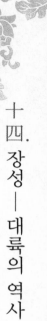

十四. 장성—대륙의 역사

장성은 보이는 것이 아니라, 듣는 것이다. 달나라에 토끼가 살았다면 그 토끼 역시 장성을 내려다보지 않고, 그곳에서 들려오는 인간들의 온갖 추악하고, 가혹하며, 섬세하고 뜨거운 이야기들을 들었을 것이다. 인간의 역사는 여전히 이어져가고 있다. 만 리를 넘어, 더 멀리. 장성은 그 이야기를 가장 오래 간직하게 될지도 모른다.

세상에는 믿을 수 없으나 믿겨지는 이야기들이 있다. 만리장성이 달에서도 보이는 지구의 유일한 건축물이라는 '믿을 수 없는' 속설은 달과 지구, 유일함과 영원함 등 아름답고 신비로운 상징들을 안고 사람들 사이에 광범위하게 유전되었다. 믿을 수 없으나 믿겨지는 것…… 그것의 중심에는 아마도 '만(萬)'이라는 아득한 숫자와 그와 같은 숫자를 품고 있는 대륙에 대한 동경이 있을지도 모른다.

　걸어서 등정하든, 케이블카를 타고 올라가든, 장성의 한 등성이에 오르면 가장 먼저 만나게 되는 것은 끊어질 듯 이어지는 길이다. 적군을 막기 위해 쌓은 보루와 성곽은 길과 길로 이어져 역사의 노래가 된다. 그 성곽에 기대 역사의 길을 내려다본다. 막는 자에게는 적군이고 침입자였겠으나, 오는 자에게는 죽음과 삶의 길이었을 먼 곳,

말을 탄 군병들의 모습이 보이는 듯하다. 막는 자나 오는 자나 등 뒤에서는 사랑하는 가족의 울음소리가 애를 끊고, 전쟁의 이유는 환멸이 되어 흩어진다.

장성의 기원은 춘추전국시대로부터 찾아진다. 당시 조나라, 제나라, 연나라 등은 각기 외적의 침입을 막기 위해 성을 구축했다. 이렇게 흩어져 있던 성들을 연결하여 비로소 장성으로 만든 사람이 진시황이다. 그러니까 오늘날의 장성은 기원전 220년경 진나라 시기부터 그 형태를 갖추었다고 보면 되겠다. 장성은 그후 계속하여 증축되어 명나라 후기에 완성되었는데, 발해만의 산해관에서부터 돈황의 가욕관까지 동서로 약 일만 삼천삼백 리의 길이와 위용을 자랑한다.

연경에서 열하까지 가는 길은 창평을 거치면 서북으로 거용관으로 나오게 되고, 밀운을 거치면 동북으로 고북구로 나오게 된다. 고북구에서 장성을 따라 동쪽으로 산해관에 이르기까지는 칠백 리고, 서쪽으로 거용관에 이르기까지는 이백팔십 리다.

나는 무령산을 돌아 배로 광형하를 건너 밤중에 고북구를 나갔다. 밤이 깊어 삼경인데, 중관을 나가 말을 장성 밑에 세우고 그 높이를 어림잡아보니 십여 장(丈)은 됨 직했다. 붓과 벼루를 꺼내어 술을 뿜어 먹을 갈아 성을 어루만지면서 이렇게 썼다.

팔달령

© 남궁산

"건륭 45년, 경자년 8월 7일 밤 삼경에 조선 박지원이 이곳을 지나다."

그러고는 웃으면서 말했다.

"어차피 나는 서생이구나. 머리가 희어서야 한 번 장성 밖을 나가게 되는구나."*

청나라의 황제를 만나러 가는 길, 연암 박지원은 술을 뿜어 먹을 갈아 '조선 박지원이 이곳을 지나다'라고 깊은 밤의 장성에 글을 남겼다. 그때 연암이 느꼈던 감상은 무엇이었을까. 장성이 품고 있는 대륙의 역사가 그를 압도하지는 않았을까. 오히려 그의 글에서는 기개가 느껴진다. 대륙의 장성도 그의 족적을 지울 수는 없는 것이다.

연암은 술을 뿜어 글을 남겼을 뿐만 아니라 역사가 전해주는 이야기를 듣고 전했다. 그것은 전쟁과 전쟁의 이야기였다.

아, 이곳은 예부터 온갖 전쟁이 벌어지던 곳이었다. 후당의 장종이 유수광을 잡을 적에는 별장 유광준이 고북구에서 이겼고, 거란의 태종이 산남 지방을 점령할 적엔 먼저 고북구로 내려왔다.

---

* 박지원, 『열하일기』, 리상호 옮김, 보리, 2004.

연암은 대륙에서 벌어졌던 전쟁에 대해서 썼지만, 그 모든 전쟁들
은 한반도와도 어떤 식으로든 관련이 있었다. 청나라가 산해관을 통
과해 중원에 입성할 때, 섭정왕 도르곤과 함께한 일행 중에는 조선의
소현세자도 있었다. 대륙에서 벌어진 왕조의 멸망과 또 새로운 왕조
의 탄생, 그 피로 얼룩진 폭풍은 한반도까지 몰아쳤다. 연암은 그 밤
의 감상을 다시 이렇게 적었다.

그 성 밑은 바로 날뛰며 싸우던 전쟁터로서, 지금은 세상이 전쟁을 하지
않아 오직 사방에 산이 둘러싸이고 모든 골짜기가 어두컴컴할 뿐이었다.
때마침 상현달이 산마루에 드리워져 떨어져가고 있었는데, 그 싸늘한 빛
이 마치 갈아세운 칼날 같았다.

전쟁을 직접 지휘하여 스스로 장성을 넘은 황제들도 있다. 청의 강
희제는 몽골족을 토벌하기 위해 세 차례나 친정을 나섰다. 그 세 차
례의 친정에서 강희제는 모두 승리를 거두었다. 북방의 몽골족을 치
기 위해 북경으로 수도를 옮기기까지 한 영락제도 친정으로 위엄을
떨친 황제이다. 그는 다섯 번이나 친정에 나섰는데, 그중 세 번은 적
의 그림자조차 찾지 못했던 것으로 알려진다. 그리고 그 자신은 친정
중에 병에 걸려 객사했다. 그렇더라도 황제가 스스로 앞장서 나서는

전쟁은 위대했다. 이와는 정반대로 치욕으로 남은 친정도 있다. 명나라 정통제는 대신들의 만류에도 불구하고 환관 왕진의 설득에 넘어가 친정을 나섰으나 적의 포로가 되고 만다. 환관 왕진이, 병사들이 자기가 소유한 전답을 밟고 지나갈까봐 철수하는 길을 돌린데다가, 거용관에 이르렀을 때에는 적들의 추격이 바로 뒤에 미쳤음에도 자신의 금은보화가 아직 도착하지 않았다는 이유로 문을 열어주지 않아 결국 최악의 상황을 맞게 했던 것이다. 정통제는 중국 역사상 유일하게 포로가 된 황제로 이름을 남겼다.

만리장성은 세계에서 가장 긴 무덤이라고도 불리어진다. 진시황은 장성을 축조하기 위해 약 백만 명의 노동력을 동원했는데, 그 숫자는 당시 인구의 이십분의 일에 해당하는 것이었다. 힘을 쓸 수 있는 거의 모든 남자들이 장성 축조에 동원되었던 셈이다. 그들 중 대부분은 중노동과 기아에 시달리다가 죽어 장성 밑에 파묻혔다. 만 리가 넘는 장성, 어느 벽돌 어느 흙담 아래에나 피와 시신의 흔적이 묻혀 있다. 그리고 그 흔적은 전설이 되어 후대에까지 전해졌다.

장성에 관련된 가장 유명한 전설은 맹강녀에 관한 것이다. 진나라 시대의 아름다운 처녀 맹강녀는 장정들을 잡으러 온 군인들을 피해 자신의 집으로 뛰어든 청년 범희량과 사랑에 빠져 마침내 결혼을 하기에 이른다. 그러나 하필이면 결혼식날, 꿈 같은 합방이 이루어지기 직전 군인들이 들이닥치고 만다. 범희량이 군인들에게 끌려가고 난 뒤, 눈물로 날을 지새우던 맹강녀는 남편을 직접 찾아나서기로 결심한다. 만 리나 되는 장성, 그 어느 곳에 사랑하는 사람이 있을까. 여인의 고초가 눈에 보일 듯하다. 먹지 못하고 입지 못하고 마시지 못하며 사랑하는 사람을 찾아다녔던 맹강녀는, 그러나 남편이 이미 죽어 장성 밑에 파묻혔다는 소식을 듣게 되었을 뿐이었다.

맹강녀의 입에서 참았던 울음이 쏟아져나왔다. 그녀는 울고, 울고, 또 울었다. 사흘 밤 사흘 낮 동안, 끝없이 애를 끊는 울음소리가 흘러나왔다. 마침내 하늘도 그녀의 울음에 감동을 해, 먹구름이 끼고 거친 바람이 몰아쳐온 후, 장성이 무너졌다. 무너진 장성 밑에서 맹강녀의 사랑하는 사람의 시신이 드러났다.

이야기는 좀더 진전되어 울고 있는 맹강녀를 진시황이 발견하여 그 미모에 홀리는 대목에까지 이르지만, 여기서는 생략하기로 하자. 뿌리를 적셔 성을 무너뜨린 눈물은 다만 맹강녀의 것만은 아니었다. 동원된 백만 장정의 뒤에서는 그 열 배 스무 배의 눈물이 흘렀다. 눈물은 성을 무너뜨리는 것에 그치지 않고 왕조 전체를 무너뜨렸다. 인류 역사상 가장 거대한 토목공사를 이루었던 진나라는 겨우 십오 년을 유지한 후, 멸망했다.

북경 근방에는 관광객들에게 개방된 장성이 여러 군데 존재한다. 그중 가장 많은 관광객들을 그러모으는 곳은 팔달령(八達嶺) 장성으로, 장성의 등성이에 오르면 길이 사람에 묻혀 보이지 않을 지경이다. 그렇더라도 사람들은 오고, 또 온다. "장성에 오르지 않으면 사내대장부가 아니다"라는 마오쩌둥의 친필 비석이 망루에 오르는 길에 서 있고, 망루 앞에서는 장성에 올랐다는 증서를 판다. 장성에 올랐다는 증서를 돈 주고 사다니…… 이 유치해 보이고 유쾌해 보이는 '장난'은 그러나 누군가에게는 장난 이상의 의미를 지닐 수도 있다. '내일은 전국적으로 비가 내리겠습니다'라는 한국의 일기예보를 결코 이해할 수 없는 사람들의 나라 중국은 거대 대륙이다. 장성에 한 번 오르기 위해 누군가는 하루를 걸어 기차를 타야 하고, 기차를 타고는 삼 박 사 일, 오 박 육 일을 버티며, 기차에서 내려서는 다시 또 하루를 걸어야 마침내 그가 염원했던 곳에 이르게 되기도 하는 것이다. 그 장엄한 한 장의 사진을 누가 장난이라 할 수 있겠는가.

북경 근방의 장성들은 이중벽으로 이루어져 있고, 대개 흙을 구워 만든 벽돌로 쌓여 있다. 우리나라의 산성들이 대개 바윗돌로 이루어진 것과는 비교되는 모습인데, 짜맞춘 벽돌의 정교함은 그 장엄한 길이에 어울려 장관이 된다.

팔달령 장성 이외에도 거용관, 사마대, 황애관 등이 북경 근방의 장성들이다. 거용관은 팔달령에 비해 관광객의 발길이 적어 오히려 그곳에 숨어 있는 숨결과 이야기를 듣게 한다. 사마대는 다른 곳에 비해 복원이 덜 된 탓에, 오히려 관광지가 아닌 진짜 장성의 원형을 느끼게 한다. 그러나 장성은 보이는 것이 아니라, 듣는 것이다. 달나라에 토끼가 살았다면 그 토끼 역시 장성을 내려다보지 않고, 그곳에서 들려오는 인간들의 온갖 추악하고, 가혹하며, 섬세하고 뜨거운 이야기들을 들었을 것이다.

인간의 역사는 여전히 이어져가고 있다. 만 리를 넘어, 더 멀리. 장성은 그 이야기를 가장 오래 간직하게 될지도 모른다.

十五. 명십삼릉과 청 황릉—

땅에서 하늘까지

부드러운 곡선의 봉분이 있는 한국의 왕릉이든, 풀과 꽃이 있는 중국의 황릉이든 능은

적요롭다. 너무나 많은 이야기들. 세상의 모든 이야기들을 품은 뒤에 마침내 이르는 것

은 적요이기 때문일까.

황릉의 문이 열리자, 유독성의 냄새를 띤 시커먼 기체가 안으로부터 흘러나왔다. 삼백 년 동안이나 그 안에서 부패하며 독성을 뿜어왔던 기체가 바야흐로 세상 밖으로 뿜어져나오는 순간이었다.

　　명나라 14대 황제 만력제의 무덤인 정릉이 발굴되던, 역사적 순간의 기록은 위와 같이 시작된다. 능의 지하궁전의 입구를 봉인해놓았던 금강벽을 열고 최초로 '죽은 자의 집' 안으로 발을 들이민 것은 자오지창(趙其昌)이라는 발굴대원이었다. 그는 방독면을 쓰고, 몸에는 밧줄을 걸고, 옷은 손목과 발목 등 조일 수 있는 모든 데를 조여 만일의 사태를 대비했다. 그랬음에도 그는 긴장을 풀 수 없었고, 그 순간의 위대한 역사적 책무보다는 공포에 더 많이 질려 있었다.

"지하궁전의 안은 정적에 싸여 있었다. 머리가 솟구치고 정신이 아득해질 정도로 무서운 정적이었다. 뭐라 말할 수 없는 공포와 서늘한 심정이 뼛속까지 스며들었다."

발굴을 시작한 지 꼭 일 년 만인 1957년 5월 19일의 기록이다. 이날 중국은 역사 이래 최초로 황릉의 발굴에 성공을 하여, 역사의 내부를 온 세계에 공개했다. 정릉이 열렸을 때, 그 안에는 다행히 도굴의 흔적이 없었다. 지하궁전에는 '재궁(梓宮)'이라 불리는 황후와 황제의 관이 뚜껑이 덮인 채 놓여 있었고, 수없이 많은 부장품들이 그 안과 밖에 쌓여 있었다. 황제의 시신은 부패되어 있었지만, 그러나 바스러질 듯한 뼈는 손상되지 않은 채 완벽하게 놓여 있었다. 머리카락 몇 올이 삼백 년 묵은 시신의 두개골 위에서 부드럽게 빛을 내고 있었다.

정릉의 주인인 만력제가 임진왜란 당시 조선에 지원군을 파병한 황제로 우리나라와도 인연이 깊은 사람이며, 역사적으로 유례없이 탐욕스러웠던 황제라는 사실은 이미 말한 바 있다. 이 탐욕스러운 황제는 자신의 사후 거처에 대해서도 일찌감치 신경을 썼다. 정릉 공사가 시작된 것은 만력 12년, 그러니까 그의 나이 고작 스물두 살일 때였다. 공사는 육 년에 걸쳐 만력 18년, 즉 그의 나이 스물여덟 살에 끝이 났다. 만력제가 정작 세상을 뜨게 되는 만력 48년까지 자그마치 삼십 년 동안이나 능은 빈 채로 주인의 죽음을 기다렸다. 이승의 재산을 그러모으는 데에 혈안이 되어 있던 이 욕심 많은 황제는 자신의 능을 떠올릴 때마다 죽음 후에 돌아갈 곳 역시 그토록 화려한 것에 늘 마음이 흡족하였을 것이다.

그러나 그의 죽음이 끝끝내 영화로웠던 것은 아니다. 만력제의 시신은 모습을 드러낸 지 꼭 십 년 후에 죽음보다 더한 취급을 받는다. 1966년 문화대혁명 시기, 황제와 황후의 시신은 정릉의 대홍문 앞 광장에 끌어내어져 인민 비판을 받고, 거대한 돌덩어리로 내리쳐 부서졌다. 광장을 둘러싼 홍위병들은 한목소리로 "지주계급의 우두머리 만력을 처단하라"고 외쳤다. 이미 죽은 자는 죽음으로 갚을 것이 없었으나, 시신이 남아 그 모욕을 대신했다.

정릉은 북경 외곽 창평에 있는 명십삼릉 중의 한 곳이다. 명십삼릉은 북경으로 천도를 한 명나라 3대 황제 영락제로부터 마지막 황제 숭정제에 이르기까지의 열세 명의 황제를 모셔놓은 능이다. 열세 개의 황제의 능은 비빈, 궁인들의 능과 함께 천수산 아래의 산세를 받으며 분포되어 있다. 정릉은 도굴꾼에 의해 파혜쳐진 숭정제의 사릉을 제외하고는 유일하게 정부에 의해 지하묘실까지 발굴되어, 그 내부가 공개된 능이다.

십삼릉으로 가기 위해 창평의 시가지를 거쳐가다보면 말을 탄 장수의 거대한 동상이 보인다. 그것은 명나라를 멸망시킨 이자성의 동상이다. 동상은 현 중국 정부에 의해 건립되어진 것으로 보인다. 이자성은 명나라를 멸망시키고 자금성을 점령하여 스스로 대순황제에 올랐던 인물이지만, 농민군으로 봉건 권력에 봉기하여 일어났던 점이 현 중국 정부에 의해 높이 평가되었을 것이다. 그렇더라도 명나라 황제들의 무덤으로 가는 길에 서 있는 이자성의 동상은 어쩐지 이물스럽게 느껴진다. 명십삼릉은 이자성이 북경으로 침공할 당시 심각한 훼손을 겪었다. 정릉의 능은전(陵恩殿)도 이자성 군에 의해 불에 태워졌다. 그러나 태워진 전각 하나쯤이야 무엇이 아까우랴. 이자성이 태운 것은 정작 명나라 왕조였던 것이다.

어느 왕조든 멸망하지 않은 왕조는 없었으나, 시작은 항상 창대한 법이다. 십삼릉의 입구는 영락제의 능인 장릉의 신도(神道)로부터 시작된다. 신도에는 사자, 해태, 코끼리, 기린, 말, 낙타 등의 동물과 문신, 무관, 공신 등 총 열여덟 개 쌍의 조각이 길 양쪽에 배치되어 있다. 그것들은 황제의 영혼을 지키는 수호신들이다. 신도에는 거대한

명십삼릉의 신도

© 남궁산

공덕비가 서 있다. 영락제의 공덕을 기려 삼천 자 이상을 새겨넣은 비이다.

명십삼릉 중, 청나라에 의해 건립된 숭정제의 묘 사릉을 제외한 나머지 열두 개의 능 전부에 공덕비가 세워져 있으나, 그 모든 공덕비들에는 글자가 한 자도 새겨져 있지 않다. 그리하여 이 비를 '무자비(無字碑)'라고 부른다. 무자비로 유명한 것은 한무제가 기원전 109년에 태산에 세웠던 비가 있다. 한무제는 황제로 즉위한 지 삼십 년간 세운 공이 너무도 많고 위대하여 비에 모두 기록할 수 없음을 암시하기 위해 그 비에 아무런 글도 새기지 않았다고 한다. 측천무후 역시 무자비를 남겼다. 그러나 명십삼릉의 무자비는 한무제나 측천무후의 무자비와는 다르다. 가정제는 전대 황제들 일곱 명의 공덕비를 한꺼번에 세웠는데, 그 비문을 혼자서 다 쓰자니 보통 성가신 일이 아니었다. 그는 전대 황제들이 무슨 공덕을 쌓았는지에 대해서도 알지 못했다. 자신을 도사라고 자처하며 불로장생 약을 짓는 데에만 심취하였던 가정제는 다른 일에 신경을 팔 여유가 없었다. 그리하여 '귀찮고 성가신 김에' 그대로 남겨둔 것이 무자비가 되었고, 그것이 전통이 되어 후대 황제들까지도 공덕비를 무자비로 남기게 되었던 것이다. 글로는 다 표현할 수 없는 위대함과 아무것도 아닌 것은, 결국 이렇게 같은 모양으로 남았다.

그토록 오래 살고 싶었던 가정제는 그 소망을 이루어 예순 살까지 살았다. 수상쩍은 약들에 지나치게 중독만 되지 않았다면 좀더 오래 살았을지도 모른다. 진시황에서 푸이에 이르기까지 삼백 명에 달하는 중국 황제들의 평균 수명은 삼십육 점 칠 세이다. 여든아홉 살에 세상을 뜬 건륭황제 같은 이도 있었지만, 대부분의 경우는 요절했다. 너무 잘 먹었고, 너무 많은 여자를 곁에 두었으며, 움직이지 않고 지나친 스트레스를 받은 때문이라고 분석된다. 물론 제명에 죽지 못하고, 정변에 의해 목숨을 잃은 황제들도 많았다.

  중국 황제의 능은 한국의 왕릉과는 달라서 봉분이 없다. 봉분은 지하궁전 위로 조성된 얕은 야산으로 보이고, 그 야산에는 나무와 풀과 꽃들이 자란다. 부드러운 곡선의 봉분이 있는 한국의 왕릉이든, 풀과 꽃이 있는 중국의 황릉이든 능은 적요롭다. 너무나 많은 이야기들, 세상의 모든 이야기들을 품은 뒤에 마침내 이르는 것은 적요이기 때문일까.

  청나라의 황릉은 북경에서 두 시간가량 고속도로를 달려 북경의 경계를 넘어선 허베이성 소재 둔화현에 있다. 동릉과 서릉으로 나뉘어, 동릉에는 순치제 강희제 건륭제를 포함, 다섯 명의 황제 능과 서태후, 동태후 등의 태후 묘, 비빈 묘들이 모여 있다. 그리고 허베이성의 이셴(易縣)에 있는 서릉에는 옹정제와 가정제 등 네 명의 황제 능과 역시 비빈들의 묘가 모여 있다.

죽은 황제는 그의 영광스러운 세속의 삶을 끝내고 더이상은 세속과는 상관없는 영원한 세계로 떠났겠으나, 죽은 황제의 집은 세속의 나이를 먹는다. 그리고 세속의 풍상을 겪는다. 청나라의 황릉은 순치제의 능을 빼놓고는 모두 빠짐없이 도굴당했다. 청나라 황릉의 경우, 도굴은 몰염치하고 전면적이었다. 신해혁명에 의해 마지막 황제 푸이가 퇴위한 뒤, 중화민국은 군벌들의 세력 다툼의 장이 되었다. 전쟁과 전쟁이 아침저녁으로 꼬리를 물고, 어제의 군벌은 오늘의 군벌에게 자리를 내주었다. 이 와중에 힘과 탐심을 가진 모든 자들이 황릉을 넘보았다. 황릉을 도굴한 것은 비적과 토비들뿐만 아니라, 그 비적과 토비들을 소탕하기 위해 동원된 민국 정부의 군사와 대장들 역시 마찬가지였다.

서태후의 능을 도굴하려던 토비들을 토벌한 뒤, 바로 그 현장에서 도굴범으로 면모를 바꾸었던 장제스 군의 군대장 쑨뎬잉(孫殿英)은 서태후의 무덤을 열던 순간을 이렇게 말했다. "자희의 입에는 야광주가 물려 있었다. 두 개로 나뉘어 있을 때는 그저 투명하기만 하던 것이 붙이면 둥근 원으로 합쳐져 녹색의 차가운 빛을 뿜어냈다. 그 빛은 한밤중에 백 보 이내 사람의 머리카락을 구분할 정도로 밝은 것이었다. 전해지는 말에 의하면 이 보물은 시체의 부패를 막는다고 했다. 과연 자희의 관을 열었을 때, 그녀는 마치 잠을 자는 듯했다. 바람이 불자 얼굴이 어둡게 빛났다." 쑨뎬잉은 삼 일 밤에 걸쳐, 서태후의 능뿐만이 아니라 건륭황제의 능까지 말끔히 청소를 했다. 그리하여 서태후의 묘실에는 텅 빈 관 하나만이 남았다.

당시 그 소식을 들은 푸이는 이미 자금성에서 퇴출을 당한 뒤였는데, 자신이 자금성에서 축출을 당하던 그 치욕스러운 순간보다도 오히려 더 엄청난 충격에 휩싸였다. 푸이는 하늘을 향해 맹세했다.

"이 원수를 갚지 않고서는, 나는 더이상 애신각라의 자손이 아니다!"[*]

그후, 푸이의 인생은 혹시 이날의 분노로부터도 비롯됨이 있었을까. 푸이는 왕조를 복원하기 위하여 더이상의 망설임 없이 일본이 내민 손을 붙잡았다. 일본이 자신에게 준 것은 괴뢰정권의 허울뿐인 황제의 이름이라는 것을 안 후에도, 그는 자신의 꿈을 접지 않았고 자

---

[*] 푸이, 『내 인생의 전반부』.

신의 맹세를 잊지 않았다.

황제로 태어나지 않았으나 황제가 된 남자, 그리고 황제가 무엇인지 알기도 전에 황제의 자리에서 쫓겨난 이 남자…… 그에게 황제라는 이름은 평생의 업보였다. 그것은 분노였고 절망이었으며 또한 찬란한 희망과 염원이었다.

푸이는 1967년에 암으로 죽었다. 수용소에서 풀려나온 이후 그는 줄곧 '보통 시민'으로서의 자신의 배역에 몰두하였으나 그런 그 역시도 문화대혁명의 폭풍을 완전히 비켜가지는 못했다. 그를 지키고자 했던 저우언라이의 다방면에 걸친 보호에도 불구하고, 병원에서는 그의 치료를 거부하거나 정성을 쏟지 않았다.[*] 당시 푸이는 자기의 위중한 병 때문이 아니라, 그 놀라운 변화 앞에서 넋을 놓았던 것 같다. 푸이가 대성통곡을 하며 외친 말이다.

"도대체 어쩌다가 이런 꼴이 돼버린 거지? 평화롭던 나라를 이 꼴로 만들어버린 게, 대체 무슨 주의(注意)란 말인가!"[**]

---

* 溥杰, 「溥杰自傳」.
** 같은 책.

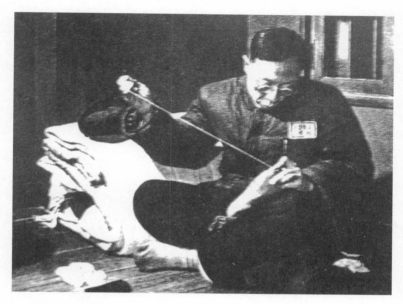

수용소에서 양말을 깁고 있는 푸이

1967년, 보통 시민이 되어서 죽은 푸이는 동릉에도 서릉에도 묻히지 못하고, 화장되어 인민납골당에 안치되었다. 1995년에 이르러서야 그는 서릉으로 이장되었다. 그때에 이르러, 마침내 그는 다시 황제가 될 수 있었을까. 말년의 그는 자신이 황제였던 것을 죽도록 부정하며 살았다. 그것이 그의 생존의 법칙이었다. 그러나 그로부터 다시 세월이 흘러 황제의 능으로 돌아간 그는 무엇을 생각하였을까. 죽은 자는 말이 없다. 삶의 기억이 아무리 고난스러운 것이었다 하더라도, 죽음은 그 모든 것을 묻어버리는 무덤이다.

제국의 뒷길을 걷다
김인숙의 북경 이야기
ⓒ 김인숙 2008

1판 1쇄 │ 2008년 7월 4일
1판 5쇄 │ 2012년 1월 25일

지은이 김인숙
펴낸이 강병선
책임편집 고경화 오경철
마케팅 방미연 우영희 정유선 채유담 | 온라인 마케팅 이상혁 한민아 장선아
제작 안정숙 서동관 김애진 | 제작처 영신사

펴낸곳 (주)문학동네
출판등록 1993년 10월 22일 제406-2003-000045호
주소 413-756 경기도 파주시 문발동 파주출판도시 513-8
전자우편 editor@munhak.com | 대표전화 031)955-8888 | 팩스 031)955-8855
문의전화 031) 955-8889(마케팅) 031) 955-2645(편집)
문학동네카페 http://cafe.naver.com/mhdn

ISBN   978-89-546-0611-0 03810

www.munhak.com